もらい泣き

冲方　丁

JN243135

集英社文庫

もらい泣き◎目次

もらい泣き

まえがき

「小説すばる」誌上でコラム連作を、と依頼されたとき、すぐに頭に浮かんだのは「怒り」か「泣き」か、いずれかを主題にして書こうという思案だった。

どちらかといえば、そのときは「怒り」のほうに、強く意識が向いていた。世に怒りの種は尽きず、幾らでも話題は見つかるからだ。私自身、公私にわたり腹立たしい思いをすることなど日常茶飯事だし、怒りは驚くほど文章を膨らませるものだ。きっと一年分の連載くらいすぐに書けてしまうだろう。

そうは思ったが、しかし、怒りは単純だ。

いや、単純でなければ怒りは伝わらないものだ。

当人からすればきわめて複雑な経緯があったとしても、その人の怒りを文章にすればするほど単純にならざるをえない。複雑な怒りというものに、人は共感できないからだ。

怒りは単純明快で動かしがたく、白か黒かはっきりしていなければ持続しない。ゆえに怒りを持続させるためだけに、本来複雑であるはずのものごとを単純化してしまう。

そもそも、架空の物語で幾らでも殺していい悪党や、崩壊する必然だらけの悪の組織ならまだしも、現実に存在する人間や組織をシンプルな怒りだけで解釈することは難しい。

怒りとは、いわば、行動に移せない衝動の蓄積であろう。相手をぶん殴りたくても、それでは解決しないと過去の歴史が教えているから、そうしない。だが衝動はわだかまる。そうした衝動は、多くの場合、建設的な別の行為によって昇華される。しかし何が建設的かという判断を間違えることが、さらに別の怒りを生み出す原因になる。

ということは、下手《へた》をすれば私がコラムを書くことで、ちっとも建設的ではない怒りを、何の関係もない人々に植え付けてしまうことになりかねないではないか。

そんなわけで、怒りを主題にして書くという欲求は私の中でひどく小さくなり、代わりに、泣ける話を書きたいという思いが膨らんでいったのである。

これはつまり、人はどのようにして己《おのれ》の感情と和解するのかを、つぶさに知りたくなった、ということなのだろう。

その思いはほどなくして、自分の体験ではなく人の体験をもとに書きつづってみたい、という実にはっきりとした欲求に変じた。

自分自身の感情の和解を書くより、そのほうが豊かな書き味になりそうだった。もちろん私の筆力も増すだろうし、これからの作品にも良い影響が出るに違いない。一から教育してもらうつもりで、人の話に耳を傾けよう。なんとなれば、私が創作で最も重視しているのは、描くべき人物への共感であるのだから。

そうして私の「泣ける話」探索があてもなく始まった。まずひたすら周囲の人々に話を聞くことからスタートしたが、すぐにこれが途方もなく難しいことに気づかされた。誰もが、泣ける話というものを、一つ二つは持っているものだ。しかし多くの場合、本人たちがそう思っていないのである。

つまり彼らにとっては、ごくつまらないことであったり、あまり触れて欲しくないことであったり、ときには、人に話すべきではない恥ずかしいこととして胸のうちにしまい込んでしまって、なかなか思い出せなくなっていたりするのだ。

逆に、本人にとってとにかく泣ける話でも、聞くほうはどう共感すべきか咄嗟《とっさ》にわからず、理解するため相手の幼少時代にまで話をさかのぼらせねばならないこともあった。

しかしどのような場合でも、注意深く時間をかけて聞きさえすれば、やがて、ふだんはその人の中に隠れている妙に柔らかな何かが、顔を出すことになる。

ひどく繊細でいながら、批評めいたことを一切退けてしまう力を持つ、その柔らかな生き物を、私は今のところ、「良心」と呼んでいる。

その相手の良心が唐突に顔を出すや、とたんに私の中の良心も表に出ようとする。そして、私や話し手の、日頃の意識とはかけ離れたところで、秘められたエピソードがはっきりとした言葉となって語られる。

そうしたエピソードを、コラムとして書く際、実は、かなりの修正や創作を加えさせてもらっているということを、ここであらかじめお断りしておくべきだろう。

これはもちろん、個人が特定されることを防ぐといった、現代ならではの必要に迫られてのことである。

個人名を出しても構わないと言って下さった方もいたが、やはり例外はないほうが良いということで、原則として実名は伏せ、可能なところはそのつど修正させてもらった。

二つ以上の異なるエピソードを一つに合体させたものもあれば、男女の性別などを変えさせてもらったものもある。

だがいずれにせよ、人々が私に話してくれたことの本質をできる限り保つという点では、とにかく力を尽くしたつもりである。むしろ話を少し変形させようとも、彼らが体験した感情の和解はとても強固で、そうそう変質させられるものではない。

それこそ、今回の連作コラムを通して学んだことの中でも、特に私の心に刻み込まれたことがらであった。怒りは実にあやふやでたやすく別の何かに変質してしまうが、感情の和解となった体験は、その人の中で驚くほど強く保たれ続ける。

始まった当初は、連載が三年近くも続くとは思いもよらなかった。複数のエピソードを一つにまとめることが多かったこともあり、延べ数十人に話を聞かせていただいたことになる。

〆切り間際のときなど、私に尋問のように繰り返し問い直されたり、話を聞かせてくれと拝み倒される人もいた。

さぞ迷惑だったろうと思うが、文句を言う人はいなかった。もしかしたらこの本が出たことで思い出し、改めて文句を言ってくる人も中にはいるかもしれない。

そういう人には、遠慮はいらないと言っておこう。ひたすら注意深く話を聞く態度こそ、この連作コラムを書く上で、何より身につけねばならないことだったのだから。

彼らと彼らの話に登場する全《すべ》ての人々に感謝を。そして、どうかこれらのエピソードが、読み手であるあなたの心にも、穏やかな和解をもたらさんことを。

金庫と花丸

「もう笑っちゃうんだけど」

と彼女は言った。

——何か泣ける話ってない？　と私が問うた直後の、第一声がそれである。

彼女はテレビ局に勤めている女性で、いわゆる〝お涙ちょうだいモノ〟を扱うことが多いと聞いていた。そのため、きっと素晴らしい話が聞けるだろうと思って訊《き》いたのだが、

「もうね、なに聞いても笑えんの」

とのことであった。

「だってさ、本当に同じような話がうじゃうじゃ集まるのよ。しかも、私のデスクの引き出しの数だけで間に合うくらいのパターンしかなくてさ。意外性とか独創的とかそんなのとは全然無縁よ。人間みんな同じこと考えるのねって、そっちのほうに感心しちゃ

う」

——そうなんだ、と面食らう私に、彼女は大いにうなずいて、

「だって金庫よ金庫。私、似たようなネタをいっぱい知っててさ。現実にあるのはわかってたけど、まさか実際に出くわすなんて思わないじゃない。それで、びっくりして……なんだか笑えて仕方なかったわけよ」

と、実際にくすくす笑いながら、彼女が遭遇した、親族同士の争いとその顚末《てんまつ》について話してくれたのであった。

彼女の実家はちょっとややこしくて、父方の祖父母の片方が亡くなるたび再婚し、都合、五人の義理や本当の祖父母がいた。そしてその最後の一人が彼女いわく、

「妖怪ババアよ」

だそうな。

一族の営む事業を取り仕切るというより支配し、義理でも本当の子供でもとにかく笑った顔を見たことがないような、優しさのかけらもない「ババア」だ。

血がつながらない子供たちを幼いときから、ごつい指輪を嵌《は》めた手でぶん殴り、

「東大に行け。世間の役立たずは許さない」

という感じで〝しつけ〟たらしい。その血のつながらない息子の一人である彼女の父親をはじめ、一族例外なくそのお祖母《ばあ》さんを恐れ憎み、そして最後まで誰も逆らえなか

った。

で、そのお祖母さんが、ついに老衰で世を去った。

葬儀と遺産整理のすったもんだの最後に、お祖母さんの自室にある金庫の中身をどうするか、という話し合いが持たれた。

そもそも誰も解錠できず、中身はなんであるかもわかっていなかった。そのくせ遺産分配の悶着《もんちゃく》がこじれ、業者が作業をしている間ずっと、金庫の中にある財産をどう扱うかについて口汚くやりあっていたらしい。

やがて業者が金庫を開いた。長男である彼女の伯父《おじ》が、他の兄弟姉妹を押しやり、金庫の中身をつかんで床にばらまいた。

争いに嫌気がさしてそうしたらしいのだが、見事にみなが黙った。長男の行為のせいではない。金庫の中身のせいだった。

「私のだ」

彼女の叔母《おば》の一人が言った。

それは汚く変色した学校の成績表の束だった。

彼らの名が記された幾つもの表彰状だった。彼らが子供のとき描《か》いた絵。兄弟姉妹全員の成人式の写真。

「なんだこれは」

自分の昔の成績表を手にとって、長男が言った。

幾つも並ぶ成績のうち、ある成績に印があった。五段階評価で三の成績。優良可で言えば良。

良くも悪くもない中間の成績の全てに、お祖母さんが記したに違いない「花丸」が添えられていた。

みな自分の名前がついたものを確認した。長男以外のみなの成績表も同様だった。沢山の花丸が、一つ一つそっと成績の横に記されていたのである。

「俺には、五じゃなきゃ駄目だって言ったんだよ、あのババア」

長男が言った途端、誰かが泣いた。

部屋にいるみんなが、金庫を開けた業者が呆気《あっけ》に取られるのをよそに、途方に暮れたようなぼんやりした顔で泣き始めた。

その様子に業者と同じく唖然《あぜん》となっていた彼女は、自分の父親が涙を流すのを生まれて初めて見て、

「なんだか笑っちゃった」

のだそうだ。

そしてその理由を、彼女は、こんなふうに話してくれた。

「お祖母さんってつまり金庫みたいな人だったんだなって思ったわけ。見るからに固く

て重くて頑丈で、誰にも中にあるものを見せないで一人だけで大事に守って来た、っていうか……そうでもしなきゃやっていけなかったんじゃないかな。だって、今じゃなくてさ、昔の時代に、女一人だけで死んだ四人の旦那やら前の奥さんやらの子供を守んないといけなかったわけでしょ？　子供たちに優しくするより、どうにかして立派に育てないとって。でもそれでも、きっと本当は、そこそこの成績で良いと思ってたのよ。よく頑張ったねって言ってあげたかったんだけど、それを我慢してさ。一人で黙って、子供の成績表に花丸をつけてあげて、子供たちにひたすら憎まれてさ。そういう〝金庫みたいな人〟って、本当に偉いんだなって。私も、そういう人になりたいかも、なんて思ったらね、なんでかわからないけど、びっくりするくらい、嬉《うれ》しくなっちゃったのよ。それで思わず声に出して笑っちゃった。笑いながら、少しだけ、お父さんと一緒に、泣いちゃった」

心霊写真

私は怖いものが大の苦手である。

本当に怖いホラー映画などを観てしまうと、もう大変だ。仕事場のちょっとした物音にも跳び上がり、ビクビク腰砕けになって、とてもじゃないが仕事などしていられなくなる。

けれどもそういう人間ほど、怖いもの見たさでついついそういう話題を出したがるから不思議なものだ。

しかもたいてい、誰かが本当に怖い話を提供してくれる。需要と供給が一致することこの上ない。

とある雑誌の取材ののち、スタッフの方々と食事をしたときも、元はと言えば最初に話題を出したのは私だった。

「そう言えば、彼、本当に撮ったことがあるんですよ」

雑誌の担当編集者が、そんな風に、カメラマンさんに話を振った。

私が怖がりであるという話から、既に幾つか〝恐怖ネタ〟が出て大いに盛り上がっていたところで、

「いやいや、全然怖くないですよ」

穏やかに断りを入れるカメラマンさんをよそに、私も他のみなもびっくりして、

「本当ですか？」

「どんな写真？」

口々に訊いたものであった。

「手が写ってたんです。それだけですよ」

カメラマンさんは頭をかきながら困ったように笑って言った。

当然、〝それだけ〟という言葉が、逆にみなの興味を煽《あお》った。

「手ってなんだ」

「本当に手だったんですか」

などと囃《はや》すように話を促した。

「プライベートの飲み会で記念撮影をしたんです。そしたら写ってたんですよ」

カメラマンさんはそう言って、その写真の話をしてくれた。

彼の師匠にあたる方を囲んで、仲間内で飲んだときのことである。お開きの際、カメ

ラマンさんが、日頃の御礼を込めて、師匠と仲間たちを撮った。

全員、男性。人数は六人。

そしてテーブルの上に、手が十三本。

うち一つは明らかに、ほっそりとした白い女性の手だった、という。

撮影したときは気づかなかったが、画像のデータを仲間たちに送信してのち、全員から、『写ってるぞ』と返事が来て、わかったらしい。

「でも私、全然、怖くなかったんです。仲間も、私の師匠もね、誰も怖いとは言わないんですよ。だってそれが誰の手か、みんながわかってたから」

師匠は、その三年前に所属していた会社を辞めていた。

理由は、奥さんが癌《がん》に蝕《むしば》まれていることが判明したからだったという。

奥さんに与えられた残りの時間を、できる限りともに過ごし、そして可能な限り、治癒に注力するための退職だった。

「もう師匠はね、できることは何でもやったんですよ。私も仲間も、みんなそれをよく知ってるんです。それでも最後は、奥さんの手を、さすってあげることしかできなくてね。痛みを少しでも和《やわ》らげてあげたくて、本当に、そっとさするんです。それこそ毎日毎日、ずっとですよ」

そうして師匠は、日に日に容態が悪化してゆく奥さんのそばに最期まで居続けた。

奥さんがこの世を去ったときは、ほとんど意識もなく、手を触れ合うことだけが、師匠に許された奥さんとの〝会話〟のすべだったそうだ。

「私が撮ったのはね、奥さんの手だったんです。お見舞いに行くと、師匠が黙って優しくさすってたのを、私もみんなも見てますから、すぐにわかりましたよ、あの人の手だって。だからね、みんな写真を見て大騒ぎするというより、〝ああ当然だよな〟って感じでした。だって師匠に寄り添うみたいに、奥さんの手が写ってるんですから。それって不思議でもなんでもないですよね。少なくとも私には、当たり前だろ、みたいな感覚しかないなあ」

カメラマンさんはそう言って優しく笑うと、なんだか少し恥ずかしそうな様子で、私たちを見渡した。

「ね？　言ったでしょ、全然怖くないって。というか私、その写真を撮って以来、心霊写真とか霊とか、怖くなくなっちゃったんですよ。だって、もし霊が本当にいて、一番強い感情のせいでこの世に姿を現すんだとしたら、その感情って、決して恨みつらみなんかじゃないんだろうなって、わかったわけです。きっと感謝の気持ちって、相当強いものなんだろうなって、もう、すとーんとね、心の底から納得できたわけですよ。〝ありがとう〟って伝えてるだけの相手を、わざわざ怖がる必要なんてないでしょ？　だから、怖くないいんです。心霊写真なんて、ちっとも」

ちなみに、師匠からカメラマンさんへ来たメールの返信の件名も、

『ありがとう』

だったそうだ。

「〝あいつもお前なら綺麗《きれい》に撮ってくれると思ったんじゃないか〟だって。師匠からそんなメール書かれたら、こっちこそ〝ありがとう〟ですよ、ねえ……」

ぬいぐるみ

繰り返し同じ話をする人というのが、世の中にはけっこういる。

たいてい、その人が落ち込んだときか、何か嬉しいことがあったときに話が始まる。こちらは何度も聞いているから、合の手を入れるタイミングも心得たもので、話の中盤などは私のほうで要約し、早めに盛り上がるくだりに入ってもらったりもする。

特に〝ぬいぐるみの顔の話〟は何度聞いたか知れないし、しかもその旧友は、落ち込んだときも嬉しいときも全く同じ話をするから、単純に他の話の二倍の回数を聞いていることになる。

それなのにその話に限っては、自然と最初から最後まで遮ることなく耳を傾けてしまうから不思議だ。

「念願の子供がさ、視力薄弱だったわけよ」

と言って、友人はその話を始める。

「難しい病名なんて覚えちゃいないけどさ。生まれつき、ほとんど目が見えないの。父親としてはさ、そりゃ喜べってほうが無理だろ。手術すりゃ治るかもったって幾らかかるかわからんし、そもそも小さい子供の目をいじれる医者なんてそういないんだよ。治る可能性はあっても、実際、金も人もなかなか都合がつかないわけ。仕事で疲れて帰ったら、毎晩、奥さんとその相談。もう、しんどいよ」

彼が本当に辛《つら》そうに話すものだから、私もついつい、そのくだりは黙ったままうなずくばかりになってしまう。

「父親としてはもっと強くなってさ、自分の子供なんだから生まれつきどうだってのとは関係なく愛してやんなきゃいけないよ。でも、がっくりきちゃうの」

だそうな。

世は例のバブルが弾《はじ》け、仲間と立ち上げた会社は大混乱、〝危急存亡のとき〟だった。

そんなとき、ほとんど視力がない子が生まれた。

ずっと脇目も振らず猪突猛進《ちよとつもうしん》してきた自分への運命の皮肉か、などと変な理屈にとらわれ、闇雲な怒りに襲われることもあったという。

「子供が不憫《ふびん》でさ。保育所だって特別なところじゃないと預けられないし、友達も社員もみんな子供の話題は避けるし。一番つらいのは男の子なのにオモチャを買ってやれないことだよ。尖《とが》って硬いものなんて危なくて。軟らかくて安全なぬいぐるみばっかり。

ならその分、子供に愛情を注ぐと思うだろ？　違うんだ。嫌になっちゃうんだよ。子供の顔を見るのもしんどくなるの。男の根っこなんて世の中で言うほど強くないんだな」

頭の中にあるのは〝内憂外患〟の四文字ばかり。ぽっきり折れそうになりながら、それでも公私にわたって頑張ったが、ついにあるとき気力も体力も尽きて会社を休んだ。

会社存続の瀬戸際なのに。そう思うが体が動かず、無念の思いで終日寝ていたそうな。

そして翌日、ふと目覚めて、ぎょっとなった。

寝ていた男の周囲に、ずらりと、ぬいぐるみが並んでいたのである。奥さんの仕業《しわざ》かと思ったが、奥さんもそれを見てびっくりしている。

「夫婦揃《そろ》って呆然《ぼうぜん》だよ。まさかその子がやったなんて信じられないだろ」

なにせ、ぬいぐるみの顔は全て、枕のほうを向いていたのだという。

つまり寝ていた父親の顔に、ぬいぐるみの顔を向けて並べたわけだ。ほとんど目が見えない三歳の子供が、ぬいぐるみを使って、

「疲れた父親を優しく見守って、元気づけようとまでした」

そうに違いない、と夫婦は信じた。

「それでやっと、目が見えないからなんだって本気で思ったわけよ。この子供は光を奪われたんじゃない、この子の中に光があるんだって。本気でだぜ。誰かの中に〝光がある〟なんて本気で思ったことあるか？」

そんなことを真面目《まじめ》に訊かれると、私は、ないなあと笑って返すほかない。

「で、子供の中にあるんなら、親である自分の中にもあるはずだって、思ったんだよ。もう、完全に目が覚めたって感じでさ」

その後、父親としての心構えが、がらりと変わった。あの子の中に光がある——それが「もう呪文のように」効果を発揮したらしい。

理屈なしに意欲が湧いてくる。〝内憂〟は〝内助〟に、〝外患〟はただの〝課題〟に変わった。結果、会社は存続したし、子供は治療によって平均的な視力を得た。

残念なのは、子供がそれ以後、もっぱら男の子が好むオモチャを欲しがったことだという。ことあるごとに父親はぬいぐるみを買うが、そのたび子供のほうは、

「こんなのいらない」

と言う。なのに買う。誕生日のたび、クリスマスのたび、なぜか父親が自分のためにぬいぐるみを買ってくる。

それが、旧友には、ずっと不思議だったのだという。

「だってお前、十八歳の高校卒業祝いにぬいぐるみだぜ。さすがに意味わかんないだろ」

その男の息子である彼は、そう言いながらひどく愉快そうな顔をする。

「ある日、酔っ払った親父《おやじ》が、なんでぬいぐるみなのかって話をしてくれたのよ。だけ

どそんな子供のときのことなんて覚えてないだろ？　なんて言えばいいのか全然わかんなくて黙り込んじゃったよ、俺」

それでもその話は、彼にとって辛いときも嬉しいときも一番の〝話〟として彼の中に今もある。

「俺の中に光があるなんて、そんなこと父親から面と向かって言われてみな。恥ずかしいのなんのって、逃げ出したくなるよ。それに、なんかあっても落ち込んでいられないし、つい、頑張ってやろうじゃん、って思っちゃうんだな」

ひとしきり続くその彼の自慢話を、ついつい最後まで付き合って聞いてしまうのは、その〝話〟自体に何やら無関係の私をも照らす光のようなものが感じられるからだ。

「みんなあるんだぜ、誰の中にも。きっとお前の中にもな」

彼に自信満々に断言されると、なんだか本当にそんな気になってくるから不思議だ。

ラッキーナンバー

あなたのラッキーナンバーは？　と訊かれて即答できる人はいるだろうか。

よほどジンクスを気にする人でなければ、普通は少し迷って適当に思いついた数字を口にするか、そうでなければ本人にとって最も意味のある数字、つまり誕生日といった記念日を答えに選ぶことがほとんどだろう。

いずれにせよ、本当に〝意味〟があって、かつ〝ラッキー〟であることは滅多にない。少なくとも、本当にそれが幸運の数字であると言える人間を私は一人しか知らない。

そいつはみんなから「８１６号さん」、略して「８号」「ハチ」などと呼ばれ、本人いわく「超ラッキーマン」だった。

というのも仲間の多くが親の仕送りによる下宿生活を送るのをよそに、父親に買ってもらった瀟洒《しょうしゃ》なマンションの一室を本人名義で所有していたのである。

渾名《あだな》の「８１６号さん」はもちろんその部屋の番号だ。

家賃を払う分の金を丸ごと自由にできるというのが学生身分にとってどれほどの余裕を、もっと言えば経済格差をもたらすかは容易に想像がつくだろう。

そのため、「ハチ」は羨望《せんぼう》の対象であり、飲み会では揶揄《やゆ》の的であり、我々のたまり場の主だった。

本人は「ラッキー過ぎ」な自分をあっさり笑いものにできる鷹揚《おうよう》な人物だったから、人には好かれていた。そしてその境遇が実は、私の想像を遥《はる》かに超える「ラッキー」であったことを彼が話してくれたのはずっと後のことだった。

「俺が九歳のとき、親父、家を出てったんだ。俺がとどめを刺して追い出しちゃったのかもしれないけど」

と彼は言った。

「子供の頃、気がついたら親の仲が悪くなってた。親父は、しょっちゅう家に帰って来なくなった」

どうやらそれは職の不振が原因だったらしい。彼の父親は機織《はた》り職人で、家とは別に、山中に仕事用の家を持っていた。父親はあくまで自分の職にこだわったが、経済的な理由から母親や親戚と揉《も》めたのだ。

「ある日、やっと帰って来たと思ったら、夫婦喧嘩《げんか》だよ。今度はお袋が出てっちゃって帰って来ない。悲しいっていうより心配でさ。〝お母さんどこだろうね〟って訊いたらさ、〝知るか〟みたいなこと親父に言われてな。それで俺もキレちゃって、〝なんでお母さんいないんだよ、お父さん出てけよ〟って言っちゃったんだよ。そしたら親父は黙り込んで、俺は自分の部屋に閉じこもってた。しばらくしたら親父が〝飯、食うか〟って呼びに来て、二人で黙って親父がゆでた蕎麦《そば》を食ったんだ。そのとき本当は訊きたいことが山ほどあったんだけど、なんにも訊けなかったなあ。次の日、お袋が帰って来ると、親父は荷物をまとめて家を出て、そのまま本当に帰って来なくなった。親父に出てけって言った日って、俺の誕生日だったんだ。〝だから帰って来てくれたのか〟って親父に訊きたかったんだけど、どうせ訊いても無駄だろうって思い込んでた」

そうして両親が別居し、事実上は離婚状態となってから十年近く経《た》った。

彼が大学に合格して上京する間際、いきなり父親から直接連絡があったという。

「会うったって何年かにいっぺんとかだったのに、急に〝母さんから合格したことは聞いた、渡したいものがある〟って言うんだよ。こっちはバイトと上京の準備で忙しくてさ。〝なんだよ、どうせつまんねえもんだろ〟って感じで苛々《いらいら》しながら会ったんだ。そしたら親父のやつ、銀行の通帳とハンコ出して、〝お前にやる〟って言うんだ。通帳見たら、すっげえ金額なの。でもそのときは、嬉しいとかラッキーとか思わなくて、〝こんな金あったんだったら、なんで今までお袋のこと助けなかったんだ〟って頭にきちまって、〝いらねえよ〟って突っ返したんだ。でもなぜか親父は〝お前のものだ〟って言い続ける。〝なんで俺のなんだよ〟って怒鳴ったら、〝お前が生まれた日だ〟って真面目な顔して言うんだよ。何のことかわからなくて、〝今日は俺の誕生日じゃねえよ〟みたいなこと言い返したら、親父は〝19770816〟って答えた。俺の生年月日だってことがわかって、ぽかんとしてたら、〝宝くじが当たった。いつか当たると思ってた。だからお前のだ〟って親父は言った。毎年毎年、俺の生年月日の番号の宝くじを買ってたって。それでこんな大金が手に入ったのか、なんか嘘《うそ》みたいだな、ってことしか考えられなくて、〝くじ買ったのそっちだろ、いらねえよ〟って言い続けて、親父も〝じゃあ何だったら受け取る?〟って引き下がらないし、なんか気づけば二人でいろいろ相談し始めててさ……で、下宿代ならってことになったんだ。俺は仕送りの家賃だと思ってたけど、親父のやつ〝ラッキーナンバーだ、お前が住む部屋だ〟って言って、この部屋を買って俺のものにしちまった」

八月十六日。それが「816号さん」の誕生となったわけだ。

「でもそれが本当のラッキーってわけじゃねえんだ」

と彼は言う。

「親父からあの数字を言われて初めて、ずっと恨んでたことに気づいたんだよ。親父が出てった日、俺の誕生日だから帰って来てくれたわけじゃないんだって思い込んでたんだ。でもそうじゃなかった。そうだと信じてたことが、どんだけ俺の中でマイナスになってたか、体の中から消えて、やっとわかったんだよ。もう少しで一生そのでかいマイナスを抱えて生きることになってたって思うと……俺って本当に、超ラッキーなんだよな」

ハンバーグとパンプス

泣くに泣けない話の困るところは慰めようがないことである。

まず当人にも非がある。泣きっ面《つら》に蜂が襲って来るのも、当人が無自覚に頭から蜂の巣に突っ込んでいるのだから因果応報と言うほかない。

中でも「パンプス」の話には、話を聞けば聞くほど絶句させられたものだ。

「もう、間違えたとか言えなくて」

と彼女は困惑したように言った。

「あたしなんでそんなことしたんだろうって、本気で悩みましたよ。しかも、そのせいでとんでもないことになっちゃって。あたし大丈夫かな、今後やってけるのかなってくらい考えちゃって」

彼女はとある出版社に勤める入社五年目の編集者で、社にとってはこの新入社員を迎えることは一大事なのだった。

というのも創業ウン十年、会社には男しかいなかったのである。

男社会ならぬ〝男会社〟が雇った初の女性社員が彼女で、もはや「女が出現した」という状態だったという。

彼女一人のために女子トイレが新設され、全社員を集めて「セクハラとは」という講義が行われた。採用面接では、面接官のほうが「セクハラについて」彼女に教えを請うた。

「女が来る」

その一言で、ちょっと迂闊《うかつ》には書けないような上を下への大騒ぎであった。

で、四年が経った。

「もう忙しくて忙しくて、四階で働いてるのに一階の女子トイレまで行ってらんなくて。もういいやと思って誰もいないのを見計らって男子トイレに入ったら、出た途端、入ろうとしてた社員が慌てて別の階のトイレに行っちゃって。その後で、〝覗《のぞ》きだ覗きだ〟って真顔で騒がれたんです。多分それがきっかけでしょうね。もう本当にいいや、って思ったんですよ」

そんな次第で〝初の女性社員〟は、ついに自分が女性であることそのものがうっとうしくなり、むしろ〝男会社〟の一員として振る舞うようになった。

どんな振る舞いか、推して知るべしである。

そんな彼女が、入社四年目の社の忘年会で、間違いをしでかした。他の社員より一足先に帰宅したのだが、したたかに酔ったせいか、店の靴箱から、

「もう絶対に会社に履いていくはずがない、というかあたしのものであるわけがない、とっても綺麗なパンプスを取り出して、しかも全然サイズ合ってないのに履いて帰っちゃったんです」

とのことである。

そのせいで彼女自身も大変なことになるのだが、残った社員がまた大変だった。靴を間違って持って行かれた女性が苦情を申し出た。そこまではいい。だがその女性と一緒に飲んでいたサラリーマンたちが、酔った勢いで暴言を吐いた。

だが彼女いわく、

「絶対ダメなんです。うちの編集部員が飲んでるときに、そんなこと」

であった。

というのも彼女の会社は〝超武闘派〟で、本当に闘うことで知られた人々で、〆切りを守れなかった作家に鉄拳を食らわしたとか、あの〝漫画の神様〟の原稿を、〆切りを破ったことに怒って眼前で引き裂いたとか、その程度の逸話ならぎりぎり書けるような、すごい人たちであった。

で、血の海になった。

社員全員が暴言を吐いたサラリーマンたちを店から引きずり出し、ちょっと詳しく書くのも憚《はばか》られるようなことになり、部長が走って警官から逃げたり、代わりにデスクが一晩、留置場でだんまりを決め込んだりした。

一方その頃、彼女は、そんな事態などつゆ知らず、サイズの合わないパンプスのせいで足を滑らせ、駅の階段から落ちていた。

「何がどうなったのか、ぽっきりです。ぽっきり折れました」

と彼女が言うのは、パンプスのことで、見たこともないくらいの損壊ぶりだった。

ついでに彼女も足をくじいて膝を打った。にもかかわらず酔いのせいで痛みを感じず壊れたパンプスを引きずって帰って寝た。そして明け方、激痛で目が覚めるや、腫れ上がった足に驚愕《きょうがく》し、慌てて救急車を呼んだ。

そのまま宿酔《ふつかよい》で松葉杖《まつばづえ》を突きつつ出社し、初めて大乱闘の件を知った。

「あれはお前のための拳だった、とか真面目な顔で言われるんですよ。もう足は痛いし、宿酔だし、泣けてきちゃって」

しかし実際は泣いてるヒマなどなく、足が痛かろうが元気に働かされた。

間違えた靴の持ち主とは店を通して連絡を取り、パンプスを新しく買い直した。詫《わ》び状を書こうとしたが一言も思い浮かばず、靴だけ送った。

その間、何度も、足の痛みと松葉杖の重みで立ち往生し、一歩も動けなくなり、ひたすらぼんやり空を見上げた。

その後、しばらくして、同じメンバーで同じ店で飲んだ。

乱闘騒ぎを繰り広げた店に堂々とまた行くところが彼女の会社らしい。

彼女はなんだかやたらと気が滅入《めい》りながらも表面上は〝男会社〟の一員として振る舞っていた。そこへ店の店主が部長と何やら話し、彼女の目の前に、どかっと料理を置いた。

店のサービスで出された巨大なハンバーグで、表面にはでかでかと、

『たまにはいいじゃない』

とソースで書かれてあった。

「こんなでかいの食えるかってんですよ！」

そんなわけで社員みんなで分け合って食った。それから彼女はすっくと立つと、痛む足を引きずってトイレの個室にこもり、しばらく、はらはらと泣いた。

なんであんな靴を履いて帰ったんだろうと思うと、無性に泣けた。で、さばさばと顔を洗って化粧を直し、再び飲んだ。したたかに、階段から転げ落ちたとき以上に飲んだ。

そして翌日、足が痛すぎると言い訳して会社を休むと、松葉杖を突きつつ、デパートに行った。そしてそこで、お洒落《しゃれ》なパンプスを値段も見ずに買った。

「たまにはいいじゃない」

ラッピングされた靴の箱を眺めながら、実際に口に出して呟《つぶや》いた。松葉杖を突きながらも箱を抱えて、ふうふう息を切らせて帰宅する間ずっと、なぜかディズニーの『シンデレラ』のテーマソングが頭の中でぐるぐる響き続けていた。

さらに次の日、足が痛かろうが松葉杖を突いていようが、委細構わずその靴を履いた。

そして入社して以来、初めて、スカートをはいて出勤した。

女王猫

傍若無人にもいろいろあるが、我意を通しておきながら、なぜか波風を起こさない人がたまにいる。

当人が自然体のせいなのかなんなのか、周囲も魔法にかけられたかのようにその人のペースにはまり込む。私が仕事で知り合った女性の絵描きさんは通称〝姫〟とか何とか呼ばれ、とにかくもうすごいの一言だった。

まず、約束を守らない。

彼女の耳には人間の言葉をどこかの異次元に放り込む機能がついていて、そもそもどんな約束も、最初から存在しなかったことになる。

そして連絡が取れない。

電話、ファクス、メールはむろん、編集者が自宅に押しかけ、電気メーターの回転から存在を確認するのだが、インターホン越しに応じるのは三回に一回である。なのにその貴重な一回ときたら、真っ昼間にパジャマ姿で現れ、編集者を居間でくつろがせてのち自分は再び眠ってしまったりする。

さらに何をするかわからない。

気づくと〆切り直前に海外にいる。しかも堂々と絵葉書を送ってくる。

「今月は大変でした」

と晴れやかに語るとき、九割九分九厘ほどの割合で、約束の仕事ではない何かに邁進《まいしん》している。

なのに仕事になっている。

本当にもう世界の七不思議なみの現象と言っていい。

もちろん編集者の涙ぐましい努力のたまものであり、また彼女の才能もとんでもないのだが、さらに一つに、彼女には超自然的な特質がある。

それは、「いる」ということだ。

本当かどうか知らないが、誰かが辛いとき、傍らに彼女がいるらしい。

ふと気づくと彼女と話をしており、

「なんかすっきり」

するのだという。しかも、だらだらと馬鹿な話をするうちに、そうなるらしい。

お陰で、彼女の「話し相手」が軒並み彼女を擁護する。約束を守らないという極大の

難事が、ただいることで見事に相殺され、

「彼女はそういう人だから」

と意味不明の結論を生み出す。彼女が「いない」ことで右往左往する側は、なんだそりゃあ、とわめくしかない。

一度、その特質の由縁を当人に訊いたことがある。ただし、

「なぜ約束を破るの？」

と訊いても無駄なのはわかっている。当人は守っていると思っているのだから。そのため、

「あなたのマイペースの秘訣《ひけつ》」

を伺ったところ、

「子供のとき猫を飼ってました」

などと、また人をなめくさった答えを返してくる。

「すっごい猫だったんですよー。雌ですけど、何でもシャァー！　です」

と彼女は言う。『シャァー！』とは、猫の威嚇《いかく》のあれである。

「私の膝に乗ってくるじゃないですか。私が動くと、シャァー！『あたしが寝てるから動くな』って脅すんですよ。私が御飯食べてると、シャァー！『あたしに寄越せ』って。私がベッドに入ると、シャァー！『あたしが真ん中で寝る』みたいな。家族全

員、言いなりです」

だそうで、明らかに躾《しつけ》を誤った、

「普通は保健所まっしぐら」

と彼女が言うほど強烈な女王猫だったらしい。

しかしこの猫にも特質があった。

「ほとんど超能力みたい」に、ふと傍らにいる。

子供の彼女が泣きべそをかいているときなど、気づけばそこにいて、

「わざわざ涙を舐《な》めてくれたりして、すっごく優しかったんですよー」

と言う。『シャァー!』が見事に相殺されるわけである。

すごいエピソードが一つある。女王猫がみごもったときのことだ。

いつものように『シャァー!』で猫がベッドの真ん中で、彼女は飛び込みの選手みたいなポーズで猫の邪魔にならないよう、寝た。

夜、ミーミー、ニャーニャー、えらい鳴き声で両親が目を覚ました。

彼女の蒲団《ふとん》を剝《は》ぐと、なんと彼女の懐で女王猫が五匹の子猫を産んでいた。出産のせいでシーツもパジャマも血まみれで、彼女は猫たちを囲むようにして微動だにせずぐっすり寝ていたという。猫が人間の懐で子を産むなどちょっと聞いたことがない。

「信頼ってこれなんだなーと勉強になりましたよー」

彼女は恬然《てんぜん》として言うが、血だらけのパジャマとシーツを替えるため深夜に格闘した両親の苦労も想像してしまう。

子猫は一匹を残してみなもらわれていった。

『シャァー！』は親である女王猫の専売特許で、子猫も従属していたらしい。

で、何年か経ち、女王猫が死んだ。

猫は腎臓をやられると寿命が来たのと一緒であると言われる。女王猫も腎不全となり点滴で生きながらえていた。猫の点滴は高価《たか》い。それでも彼女は自分のお小遣いを削りつつ、バスで犬猫病院に通った。

だがあるとき『シャァー！』で病院へ行くことを猫が拒んだ。彼女が泣いて説得しても言うことを聞かない。仕方なく病院の予約を取り直し、一緒に寝た。

それが最後の『シャァー！』になった。

その夜、女王猫は前肢《まえあし》に施された点滴用の補助針を、自分の口で引っこ抜いて死んだ。子猫を産んだときと同じく、彼女の懐でのことだった。

翌朝、目覚めた彼女は、動かなくなった女王猫を抱いたままベッドの中で何時間も泣いた。

「病気の猫が自分で針を抜くなんて普通ありえないってお医者さんは言うんですよ。すごい猫だ、自分で死ぬと決めたとしか思えないって。私に迷惑をかけたくなかったのかもねって両親は言ってましたけど、私は、『あたしは今日死ぬ』ってズバッと言われた感じでした。『死ぬときは死ぬ。そういう覚悟で生きてきたんだ』って。すごいでしょー」

確かにすごい。だがそれと彼女の「約束を守らない」ことと、どう関係があるのか、いまだによくわからない。

しかし私自身、その話を聞いて以来、不覚にも、

「彼女はああいう人だし」

と、擁護的な態度を取るようになってしまった。恐るべしである。

メニューとオペラ歌手

感動の涙というのはそうそう流せるものではない、というのが一般の暗黙の了解ではなかろうか。

だからこそ「感涙をもたらすかもしれない」ということで種々の作家やクリエイターはみな社会的な希少価値を与えられているように思う。また作品の受け手側も、作品にふれたときの「感涙」の体験を貴重なものとして扱ってくれる。広告・パブリシティでも「感涙」はサハラ砂漠に降った一粒の奇跡の雨水のように持ち上げられる。

が――そういう考え方を根こそぎ吹き飛ばされた私自身の経験を、これから書きたいと思う。

これについては大っぴらにして良いものか、若干の懊悩《おうのう》がある。経験したことが鮮烈で奥深すぎるため、翻って私自身の書き手としての未熟さを曝露《ばくろ》してしまうことになるのだが、それはそれ、全て正直に書きたいと思う。

「人間は感動するよ？」

と、その人に、ほんわかした調子で返されたのは食事の席でのことだ。

大学時代、私はとある一家にお世話になっていた。平たく言えば居候《いそうろう》である。

その一家は両親がピアニスト、二人の子供はそれぞれ作家に作曲家で、二十四時間アートのアーティスト家族であった。

金のない我が身に食と住を与えてくれた大恩ある一家で、成人後の私の創作態度は、ほぼ百パーセント彼らから学んだ。

で、「感涙」である。

冒頭で述べたようなことを、このときも私が口にした。すると一家の主《あるじ》であるピアニストさんが言うには、

「人間は感動してるんだから。感動はもう起こってることでね。いつでもどこでも、そのことを意識させてあげることが大事なんじゃない？」

とのことであった。

正直、当時この言葉の意味がサッパリわからなかった。居候を卒業して十年余、今は少しはわかる。けれども「わかるよ」とあっさり言えるレベルにはほど遠いのがわかるくらいで、十年でも足らないのかと、しばしば愕然《がくぜん》となる。

それはさておき、一家の反応は完全に父のピアニストさんに共感するものだった。

「人間は道ばたに落ちてる石ころにも感動してるからねえ」

「感動してないというほうが本当は錯覚なんじゃないの」

「感動はあるんだよね。するんじゃなくて」

などなど、もう一般の感覚とはかけ離れている。考え方ではなく生活が違う。

たとえば感動というものを、

「深く己自身の内部を下りていって、そこで己を生かすもの全てに再会することである」

と仮定してみる。こんな理屈でしか語れない自分も情けないが、一般的には、そんな「再会」は滅多にないとされている。

だが彼らには、朝昼晩にそれがある。三食を摂る気軽さで、しばしば「おやつ」まで摂る。しかも他人を巻き込む。食事の後でピアニストさんが「ものは試し」ということで、なんと『ねこふんじゃった』を弾いてくれた。弾き方一つでこうも曲の印象が変わるのかと仰天した。

なんと私は、『ねこふんじゃった』で泣きそうになった。

しかもピアニスト夫妻は、

「まあまあ上手《うま》くなったじゃない」

「これくらいはね」

などと気軽なことを言っている。私はひたすら未体験の感動の渦中にいる。なのにその上、彼らの思い出である「メニューとオペラ歌手」の話をしてくれたのだった。

「ヨーロッパに夫婦で住んでた頃ね、楽団の人たちと一緒に、かの名オペラ歌手の女性と食事をする機会があったんだよ」

と言う。「かの名オペラ歌手」が誰か、知識のない私はすぐに忘れてしまった。というより話の強烈さのせいで、具体的な人間が存在している実感がなく、ただ概要だけが神話か何かのように私の中で根づいてしまったのである。

「レストランの支配人が彼女の熱烈なファンでね、彼女がいる席まで挨拶に来て、いろいろと話しているうちに、では余興をしましょうということになったの。余興っていうのは、彼女がメニューを読み上げることでね。それくらいなら良いわよって。だって一度歌っちゃうと、みんなそうして欲しがって、どのレストランに行っても歌わないといけなくなるでしょ」

私としては「それくらい」とはどういうことか大いに疑問であった。で、話の顛末に度肝を抜かれた。

彼女は、支配人の熱烈な思いに応《こた》えて、おもむろに立ち上がると、メニューを手に取り、楽団が注文した料理の内容を、上から下まで朗読したわけである。

前菜のマリネがどう、オマールエビが何匹、子羊肉の何やら、赤ワインのソース煮、口直しのソルベ――

「『前菜』だけで、百人くらいお客さんがいるレストランがね、しーんと静まりかえったよ。彼女が誰か知らないお客さんも、みんなね、じっと聞いてるの。ウェイターなんかみんな立ち止まって彼女を見つめててね。そのうち涙を流す人たちもいて、聖人でも見るような顔になってたよ。彼女がしまいまですっかり読み終えると、ものすごい大喝采が起こってねえ。みーんな立ち上がって、拍手して、ほんとブラボーだったねえ、あれは」

メニューの朗読で人を感動させるわざが、いかなるものか、今も昔も私にとって想像の外である。だがそれでも、胸に迫るものがあった。自分があたかもそのレストランの一角に座り、今まさに歌姫の声に陶然となっているさまをなぜか克明に想像してしまった。

こんな話を、

「みんなそういう思い出の一つや二つはあるでしょ？」

という調子で和気藹々《わきあいあい》とされてしまう。彼らにとって、感動することはそれほど自然なことなのだ。

しかしそのときの私は何だか熱でも出たようにくらくらしっぱなしだった。今でもその話を思い出すと、込み上げてくるもののせいで視界がぼやけることしばしばである。

人は生きている限り常に感動している——せめてそのことを本当に理解できるまでは、この世に生きていたい、とつくづく思う。

運転免許とTシャツ

「ベタ」という言葉がある。

ひねりや工夫がない、直球勝負、わかりやすいなど、異様にニュアンスが変わる言葉で、「泣き」と「ベタ」は枕詞《まくらことば》なみに関係が深い。

だがしかし、本当の「ベタ」に遭遇するのは希少な体験だ。

私にとって最たる「ベタ」体験は、自動車の教習所に通っていたときのことであった。ちなみに三十過ぎてである。子供の頃から車に興味がなく、運転できるメリットより、運転による事故のほうがよほど深刻だと思っていた。

が、子供ができた。

この地球上で車を運転できないパパほど、想像を絶する過酷な境遇に追いやられる者はあるまい。親戚中から役立たず扱いされ、悪いことが起きれば、「運転できないパパのせい」

となる。花見に行ったら花が散っていた。外食に出かけたら店が閉まっていた。財布を忘れた。子供が靴を履き忘れた。全てパパの、「運転できない」という悪徳が招いた災いである。

丸二年、いかなる冷罵《れいば》も馬耳東風と受け流し、寄る辺ない身を耐え忍んだのだが、ある瞬間それが一変した。言葉を覚えたての子供が、

「ママの運転やだ、パパの運転がいい」

そう高らかに告げたのである。子供が、

「ママよりパパが好き」

と発言することほどパパの奮起を煽ることはない。

〆切りの豪雨など無視して、すぐさま教習所に連絡した。とはいえ無視できる〆切りなどあるはずもなく、休み休み、ずるずる頑張った。

やがて期限ギリギリとなった頃、「おばちゃん」と出会った。

というか私と同時期に申し込んだ人で、まだいたのかと驚いた。

四十代後半で底抜けに素直で明るく、教習生の大半が十代の若者であるにもかかわらず、常に「仲間」を作り、和気藹々と教習を楽しんでいた。

私も気づけば「仲間」になっており、そのきっかけは「息子に自慢したい」というおばちゃんの動機に共感したことにある。

おばちゃんの息子は海外にいて、まず会えない。そんな息子に自分の頑張りを見せることで、おばちゃんはいろんなことを伝えたいのだと言った。頑張ればできるということ。自分は健在だということ。人生は楽しみに満ちているということ。

一方で、教習所に妙な男性がいた。

長身瘦軀《そうく》の実にダンディな白髪のおじさまである。何もせず、ただ教習生を眺めている。

やがて彼こそ、おばちゃんの旦那さんであると判明した。ダンディな彼が小さなお弁当箱をおばちゃんに届けに来る姿など、実に微笑《ほほえ》ましかった。

やがて卒業検定の日、教習所に到着した私は、そのダンディなおじさまの姿に絶句した。

みぞれまじりの雨が降るまっただ中、なんとおじさまは、ハードロックな柄のTシャツ姿で、瘦せた双腕をむき出しにしていたのである。

ギャップもすごいがTシャツの文句もすごい。

「There you are, my life!!　I'll catch you soon!!」

意訳すれば、

「そこか俺の人生！　すぐ追いつくぜ！」

であろうか。全力でおばちゃんを応援する気迫が瘦せた身から湯気のように立ちのぼっていた――と思ったが、間もなく寒さに耐えかね、上着を着てしまった。

呆気に取られつつも、私は試験をこなし、一足先に街路走行を終えて一服していたとき、おばちゃんの帰りをひたと待つおじさまと初めて話をした。

「家内は秋に心臓の手術を受けまして」

おじさまは言った。

「六度目の手術で、本当にもうダメかと思いました」

とのことで、私はまたもや絶句した。

おばちゃんは若い頃から胸に病巣を持ち、三十代で死ぬだろうという医者の予測に抗《あらが》いながら生きてきた。

肉体の弱さが、子供を持つことすら許さなかった。その彼女と一緒に、おじさまも、今日一日、今年一年、これが最後かもと思いながらひたすら生きた。

生きながら、ただ生きるだけの人生を拒んだ。

この手術を生き延びたら、これをしよう。この夢に挑もう。おじさまとおばちゃんの、なけなしの勇気の限りを尽くしての挑戦の日々だった。

――お子さんがいるのでは？　と思わず訊いた。

「アフリカにいます」

おじさまはそう答えた。

「日本人が里親になって貧しい子供を支援する機関があります。私たちには息子が三人います。その一人が、車を持つのが夢だという手紙をくれまして」

手紙の仲介者は現地のシスターである。

全文英語。おばちゃんは必死に英語を習った。

『いつかお母さんが運転する車に乗せてあげる』

その一文を強い覚悟で書き、そして教習所に通った。

数ヶ月後に手術を受けると知ってのことだ。今度も「生き延びたら」ではない。必ず生きて免許を取る。

だが、おばちゃんがそうしたところで遠い国の子供が何を得るのか。おじさまの馬鹿げたTシャツに何の意味があるのか。全く言葉で説明できない。工夫もひねりも何もない。

ただ二人とも、地味に真っ直《まっす》ぐ、「どベタ」な生を貫こうとしていた。

数時間後、私たちは全員合格した。

おばちゃんは再びTシャツ姿となったおじさまの胸で、べしょべしょ泣いた。

二人は礼儀正しく「仲間」に挨拶し、去った。

以来、会ったことはない。

ただ、息子を乗せて車を走らせているときなどにふと思い出し、

「ベタだなあ」

と心の呟きが起こる。

そしてだからこそ、日本人のおばちゃんがアフリカで不慣れなハンドルを誇らしげに握っている姿が克明に想像できるのだ。

これが、私の最高にベタな体験である。

メガホン男

年齢のせいか不況のせいか、たまに旧友と会う機会があって、

「元気？」

と訊くと、

「そこそこ元気」

などと疲れた笑みを返されることが多い。

そのためか、つい先日、

「マジ元気！」

と即答されたときは、逆にどぎまぎしてしまった。

というのも、そいつが今とても落ち込んでいるという噂《うわさ》を聞き、つい気になって電話をかけたのだが、

「全然元気だよ。お巡《まわ》りさんに職質されたけど」

相手はそんなことを口にして、電話の向こうで爆笑しているのだ。自棄《やけ》になっているのか、とちらりと思った。

彼とは高校時代からの旧友で、渾名はメガ。

メモリー容量ではなくメガホンのメガだ。眼鏡のメガでもある。

十六のときから理知的なタイプだった。事実、頭脳抜群だったが、高校三年間はもっぱら野球に打ち込んだ。ポジションはベンチ。だが素振りの回数はチーム一の努力家で、試合前、カバンにメガホンをくくりつけたことでメガ呼ばわりされた。

大学卒業後は証券会社に就職し、不動産チームに配属され、その持ち前の頭脳プレーと不眠不休に耐え抜くど根性が、上司からもいたく気に入られたらしい。

普段は何事もそつなくこなすメガだが、私たち旧友連中は、彼に火がついたが最後、とことん前進し続ける気質であるのをよく知っていた。とどまる所を知らず、いずれ大《おお》怪我《けが》をすることも。

「あいつ〇〇社の労組の幹部だってよ」

ある飲み会の席でメガの動向を聞いたとき、既に事態は大火事の様相を呈していた。

今どき労組の仕事は、社員全員の持ち回りたる雑務であることが多い。労使闘争など、隔世の感があって、私自身ぴんと来ない。

が、メガはやった。

詳細は不明だが、聞いた限りでは、労組幹部として「同志五人組」を結成。全社員出席の総会を開き、労働条件を巡る議論の炎を起こして会社を震撼《しんかん》させた。結果、取締役員の緊急集合とあいなったらしい。

「メガ、ニュースになるかもしれねえぞ」

というのだから、その火の烈《はげ》しさは推して知るべしである。

が、火はあえなく消えた。さすが老練揃いの役員たちである。「同志五人組」の一人に目をつけ、あの手この手で離脱を約束させた。

そして肝心かなめの集会で「裏切り」を演じさせ、票割れによって運動を消滅させたのだという。

何やらドラマの筋書きでも聞いている気分だが、メガ本人は、

「怒るより、醒《さ》めたよ。俺のやったことは、その程度かって」

とつまらないオチの芝居を見せられた気分だと言った。

その後、メガの落ち込みはすごかった。労組の英雄が一転して悪役にされたのである。露骨にポストから外され、同僚たちも態度を百八十度変えた。

もう終わりだと思いながら意地で出社し続けた。が、その意地もすり切れた頃、ある報《しら》せが届いた。高校野球部ＯＢの毎年恒例の飲み会の報せで、せめてもの気晴らしにと出席した。

飲み会では思い出話に花が咲いた。

最後の大会は良かった。最後の最後まで燃えた。超メイクドラマだった。

だが誰もプレーを覚えていない。みんなで携帯電話で当時の記事を検索したり、学校まで過去のスコアブックを取りに行ったりした。

結果、実はメイクドラマな試合どころか、見せ場もなく淡々と進行し、最後は自軍の空振りで終わりの、退屈な試合であったことが判明した。

思い出は美化される、という苦笑混じりの結論になった。メガも笑いながら、このときはっきり、

「会社を辞めよう」

と思ったという。

それから帰宅し、一人でまた飲み直しながら、あちこち引っ繰り返した。

やがてバットとメガホンが出てきた。

二十年近くも前の品が、ちょっと探しただけで転がり出てきたことに驚きを覚えた。

そしてその二つの品を見つめるうち、

「なんかもう、むらむらしてきた」

という。

で、メガホンのほうをつかんで自宅を出た。ひたすら歩いて真っ暗闇の河原に辿《たど》り着

き、

「試合開始！」

と絶叫した。

「かッせー！　かッせー！」

例の最後の試合を一回表から思い出しながらメガホンを口に当てて叫びまくった。たちまち熱波のごとき思いがよみがえった。ただ叫んでいるだけなのに、気づけば全身に汗が噴き出していた。

思い出は真実だった。一球一打、つまらないものなどない。両チームの三年間が込められた、何にも代え難い一瞬の連続だった。胸の中にあった思い全てが爆発し、汗なんだか涙なんだかわからないもので顔をぐしょぐしょに濡《ぬ》らしながら叫び続けた。

（このまま「九回裏」までやってやる――）

込み上げてくるものを絶叫に変えながらそう思ったところへ、

「ちょっと、君！」

背後から鋭い声がかけられた。

見ると、回転灯を回すパトカーから、二人の警察官が出てくるところだった。

かくして思い出の試合は、三回裏二死ランナーなしで終わった。

そのくだりになると、電話の向こうでメガはまたもや爆笑した。というのも、通報したのは隣町の人だそうで、全くとんでもない大声だと警察官に叱られたらしい。

「そんなところまで俺の声が届いたわけよ。なんかすっげえ、わくわくした」

だがメガは懲りずに言うし、私もつい、大声で笑ってしまった。

メガは、その後も会社を辞めていない。

いわく、

「九回裏まで勝負して、勝っても負けても、次の九回裏を目指すんだよ」

とのことである。

この言葉には、けっこうストライクに、じんときた。

地球と私

泣いた映画、というと、どんな方も一つや二つは思い出の映画を心にお持ちではなかろうか。

私の場合、映画館で雑巾のように涙を搾り取られた経験というのが、一度だけある。と同時にそれが今の自分を創った原点の一つなのだなと、最近とある取材を受けた際に気がつかされた。ちなみにそのくだり、本番では全部カット。江戸の仇《かたき》を長崎で討つわけではないが、自分にとってはかなり重大な発見であるので、あちこちで書かせていただいてる次第。

二十年ほど前のこと、後に『ウォーターボーイズ』で妙に有名になるある男子校にいた私たちは、ことあるごとに、自分たちは何者なのか、などと問いまくっていた。

それは小遣いが足りないとか、バイトがきついとか、彼女超欲しいとか、ＰＫＯは違憲か否かとか、超ひも理論と量子力学は世界を救うのかとか、みんなで一円玉を集めて消費税に反対しようとかいった、こんがらがった思いを一つにまとめて解決に導いてくれるはずの問いだった。

というより、いつか何者かになれると信じることが当時の自分自身に耐えるすべだったのだろう。高校時代の終わり、大学受験を前にして、芽生えたばかりの自意識のあまりのちっぽけさに耐え、社会が希望溢《あふ》れる場所だといううさんくさい前提を飲み込み、自分の将来は全て自分で決めるもの、自分の責任である、という言い分に耐えていた。

けれども個人の意志がおよぼせる影響力がどんどん刹那《せつな》的になっていったのもその頃からだったと思う。人格などというものはネタであり、意志よりもたまたま起こったことのほうが価値があり、不条理こそ真理なのだという主張が、私たちが社会に出る際の洗礼となった。

当時の状況を一言であらわすなら、「混乱」である。バブル崩壊後の、全くつじつまの合わない大人の理屈と正面衝突して大怪我をするたび、痛みに耐えるため、自分たちはいったい何者なのよ、と問うてきたわけである。

一つ問えば、無責任な回答が山ほど集まる情報化社会の入口で、むしろ答えを拒絶するために問うていたのだろう。何者かになれ、なんて、詐欺に等しい口上だった。

日本の停滞、格差社会、これからは誰も安心して生活できない世の中になりますよ、という兆しが溢れる中、若者に自己実現を促せる大人たちがごっそりいなくなった。

代わりに、バブルの残骸である未来のつけを次代へ引き継がせるための方便がまことしやかに流布した。その一つが、

「自己実現の全責任は自分個人にある」

という考えである。

おいおいふざけんなよ、あんたらそんな人生送ってきてないだろ。この世代を誰か導けよ、希望を見せろよ、全部ゼロから創るなんて無茶苦茶だ――。

などと思ったところで無いものは無い。

挙げ句の果てに自己実現なんてニヒリスティックかヒステリックか、どちらかしかないという変なイメージまで出回り、さんざん右往左往した挙げ句、疲れて引きこもる。つまるところの、ロストジェネレーションの萌芽《ほうが》である。

そんなとき仲間の一人が異様に熱を込めて誘うので、じゃあ行ってみるか、と男同士でぞろぞろ観に行ったのが『ガイアシンフォニー』というドキュメンタリー映画だ。

キャッチコピーはなんと、

「地球はひとつの生命体」

であった。環境問題は当時もっぱら揶揄の対象で、かえって笑いのネタになった。冷やかしで観て、くさしてバカにして楽しむ。そういう気分で映画館に入った。

なのに今でも不思議なのだが、みんなバラバラの席に座った。何か予感でもあったの

だろうか。私は一番後ろの端の席でわざわざ行儀悪く足を組んだりしながら、観た。

いつの間にか膝を揃えて観ていた。ほとんど座席の上で正座していたんじゃないかと思う。それは同時に、ネット検索などまだまだ未発達で、前情報なんて全く持てないま
ま、映画館でとんでもない感動に巻き込まれた、最後の経験になった。

上映中ずっと顎が痛かった。袖に歯を立て、必死に声を押し殺して泣いていたせいである。仲間に万が一にも泣き声を聞かれたくなかったからだが、涙と洟水《はなみず》で溺れそうだった。

作中で登場する「地球」に生きる六人――象を呼ぶ女、孤独の登山家、人類で初めて地球を外から見た男、ケルトの歌姫とケルト美術の研究者、奇跡の巨木を育てた男――みな、真摯だった。

こんな生き方もあるのだと超弩級《ちようどきゆう》の衝撃を受けた。自分は何者か、ということがらがった問いが初めて一本道になって鮮やかに輝くのを感じた。

上映後、手首にくっきり歯形がついていた。袖も襟もぐしょぐしょ。映画館から出て合流した仲間たちみんな似たような状態で、すっかり顔つきが変わっていた。

言葉少なにぞろぞろ歩いて帰る間、オレだってやってやる、という沸騰するような思いでどうにかなりそうだった。沈黙したまま歩き続ける仲間たちの間で、初めて経験するたぐいの、希望と呼んでいい何かがみなぎっていた。

それからしばらくして、私は作家としての道を歩むことに決めた。導きなどどこにもなかった。いまだに自分は何者なんだろう、と悔し紛れに問い続けながら、そのとき決めた道の途上にいる。そうする意義は、全て一本の映画で学んだ。

その後、『ガイアシンフォニー』は多くの続編を出している。だがまだ一つも鑑賞していない。多分、いつか登場する側になりたいせいだろう。無理だろうか。しかし夢くらい、存分に抱くべきではないのか。夢を抱くのも個人の勝手、好きに夢を見ろというのが、私たちに投げつけられた時代の方便なのだから。

そう、ロストジェネレーションは、うそぶくのである。

爆弾発言

爆弾発言、という言葉を誰が発明したのか知らないが、言葉の持つ力を良くも悪くもあらわしている。

ときに言葉一つで何もかもをぶち壊しにしてしまいもするし、嫌な気分が誰かの一言で綺麗に吹き払われてしまったりもする。

いずれにせよ口にした本人の意図以上の影響力を発揮してこそであろう。そして私が聞いたのは、実に、超弩級の「爆弾発言の話」であった。

実名は出せないが、ずいぶんとお世話になっている男性がいる。

その方は若い頃に腎臓を患った。しかも非常に特殊な症状で日本にも数名しか患者がおらず、症例がほとんどないことから、御本人は笑っていわく、「日々、病院の実験台」だそうだ。

結婚して第一子を授かった直後に発症し、一時は妻子の重荷になりたくないと離婚を考えたそうである。だが奥さんの母親などから、妻子とともに生きることを応援され、とにかく闘病生活に耐えながら、社会復帰を目指す日々を送った。

一日数時間の人工透析を毎日、一生涯続けねば生きてゆけず、

「最初の頃はまるで廃人だったよ。透析受けながらこのまま朽ち果てるのかと何度も思った」

という。

ときに症状は緩和が全く不可能なほどの、すさまじい激痛を伴う。

痛みで朦朧《もうろう》とし、現実を認識することすら難しくなり、見舞いに来た親族が、

「見てはいけないものを見たって顔して帰っていくのよ」

というほどの状態にまで陥ることがある。

それでも、この方は生きた。しかも、ちょっとやそっとでは実現できないような社会的な成功を収め、今も多くの共感者に囲まれている。

単なる強い精神力、という以上に、

「生きよう」

そう心の底から決意したときの人間の強さは、これほどまでに純然たる力を発揮するのかとただ驚嘆するばかりであった。

そして、それほどの人物に、

「この人からは本当に生きる勇気をもらった」

と言わせる別の人物がいる。

とある若い女性で、ちょっと表現しにくい性格をしている。心根が優しいとは思うのだが、とにかく空気を読まない。いわゆる「KY」とかそういうレベルではない。空気そのものを断固として吹き飛ばしてしまう。

私もその「爆弾発言」の威力の途方もなさを何度となく味わったことがある。最もすごかったのは、私が関わった作品について、プロデューサーに、

「なんで、あんなにつまらないんですか」

と面と向かって言ったことである。

翌日、脚本家が交代となり、私が残りの話数を全面的に書き直すことになった。全て彼女の一言がきっかけである。

で、彼女が、先の人物に何を言ったか。

とある席で彼が人工透析の話をした。冗談混じりに話したとは言え、そもそもが深刻な病気の話題である。同席していた者みな真剣な顔だった。

そして彼女もまたきわめて真剣に、こう言った。

「すごい！　楽しそう！」

その瞬間の様子を、自分がその場にいるところを、ご想像いただきたい。もはや爆風である。不謹慎というものですらない。正気とは思えない発言である。もちろん全員が絶句した。おそらく人生でほぼ初めて、二の句が継げないという体験を、その場にいる全員が同時に経験したわけである。

そしてその、沈黙というか、みんなが思考停止した真空状態の場において、さらに彼女が言った。

「今度、見に行ってもいいですか！」

さすがに彼女が本気だとは、彼をはじめとして、誰も思わなかったらしい。いいよ、いいよ、と笑って返した。彼女に悪意がないのは見るからに明らかで、こういう空気の和《なご》ませ方をする女性もいるのだなと変に感心した。

ちょっとした笑い話として、こんなことを言った女性がいると自分の小ネタにするつもりだった。

そもそも本当に透析中の人間を見たがる者などいるはずがない。ただでさえ透析施設は同様の症状に苦しむ人々が大勢集まり、数時間にわたって動けず、じっと横たわって無言で病苦と闘わねばならない場所というイメージが強い。そして実際その通りであることが多く、これほど楽しさと無縁の場所もない。彼やその場にいた者がみなそう思った。

だがしかし、彼女は全く本気だった。

彼女は来た。しかも呆れることに、

「本当に浮き浮き楽しそうだったんだ」

とのことである。そして彼が透析をしている間ずっと、いったいどういう理屈で体液が交換できるのかとか、そもそもなぜ透析すると生きながらえられるのかとか、闘病生活がどんなものであるかとか、

「バカなんじゃないかこいつは」

ついそう思ってしまうくらい、楽しげに話を聞いていた。

しかも彼以外の透析患者たちにも、気さくに話しかける彼女の存在のおかげで、病室全体に変化が起こっていた。

「その場の空気が全然変わった。あんな空気になる場所じゃないのに。とにかく、明るくて楽しい場所になっていた。いったい何が起こったのか、とにかく不思議だった」

やがて彼の透析が終わると、彼女は御礼を言って帰っていった。その頃には、

「こっちが御礼を言いたかったよ。俺だけじゃなく、みんな。もっと彼女にいて欲しかった」

と、そんな空気になっていたそうである。

以来、彼らの交流はもう十年以上になり、私もときに、家族づきあいに参加させてい

ただいたりしている。

ちなみに、彼女の夫である私は、いまだに嫁の強烈きわまりない「爆弾発言」の爆風に恐れおののくばかりで、あまりその恩恵を受けていない気がする。

ミスター・サイボーグのコントローラー

とある文芸賞を受賞した際、高校時代の仲間たちから「祝ってやる」画像を贈られた。有名なお笑い画像の一つで、富士の樹海で、誰かが「呪ってやる」を間違えて「祝ってやる」と書いたらしい写真である。

元祖は『ＶＯＷ』という、これまた有名なお笑い投稿写真集シリーズの一冊に掲載されていたと記憶している。私たちはそのおかしくも哀れな写真を、高校時代に知った。教えてくれたのは「ミスター・サイボーグ」と渾名された一年上の先輩である。

とにかく頭脳抜群で、ユーモアがあり、そして繊細な人だった。

「夏休みの終わりまでには三周くらいするよ」

何かの折に、彼が平然とそう告げたのを、私は今も克明に覚えている。

どういうことかというと、全教科の問題集を、全問、三回ずつ解くのである。

一年かけて身につけるべき授業の内容を、ほとんど教科書を読むだけで四ヶ月もすれば理解しきってしまう。そういう、度し難い頭脳の持ち主で、「サイボーグ」と呼ばれた理由の一つでもある。

当然、授業中はヒマを持て余す。答えのわかっているクイズを延々と聞いている気分だと彼は言った。そのため、どうすればその答えに至る過程を「面白く笑えるもの」にするかが、授業中の彼の主な思考だった。

そのいわば「ヒマ潰し」のために、膨大な本や漫画や映画やゲームやＣＤを渉猟《しょうりょう》し、そのため高校生とは思えないユーモアを発揮するのが常だった。

「祝ってやる」も、その一つだった。

男子高生同士の嫉妬や劣等感を、むしろ肯定的にとらえて緩和し、連帯感を抱かせるには、最高のネタだった。

仲間が何かの大会で勝ったとき。誰かに彼女ができたとき。受験に合格したとき。私が小説家としてデビューしたときも。嫉妬と悔しさを隠さず、むしろあらわにして「祝ってやる」と笑みを浮かべる。言うときも言われたときも、体の芯に熱を感じるような喜びを覚えたものだ。

そういう優しいユーモアの持ち主だったから、誉《ほ》めるだけでなく慰めるのも上手かった。いや、「慰めさせる」のも上手かったというべきだろう。

高校を卒業して数年後、仲間の一人にとても落ち込むことがあった。けれども当時は

みな自分のことで手一杯で、むしろ、

「あいつが悪い」

「自業自得だ」

などと、自分たちが同じ状態になることを恐れるように、仲間を突き放そうとした。

そんなとき、彼が私たちに教えてくれたのが、「コントローラー」の話だった。

彼はその話を、インターネットで知ったと言った。私はときどき、彼自身がその話を作ってネットに流したのではないかと思うことがある。真偽はわからないし、確かめようとも思わない。大事なのは、彼が語ったことがらが、そのとき私たち全員を動かしたということだ。

彼は言った。

「あのね。君たち、スーパーマリオの主人公、実は目が見えないの知ってた?」

むろんそんな設定のはずがない。ぽかんとなる私たちをよそに彼は続けた。

「彼は目の前に底なしの穴があっても、向こうからカメがやって来ても、危ないって思うことすらできない。逆に、無敵になるための星も、命を増やせるキノコも見つけられない。彼だけじゃなく、ゲームはみんなそう。格闘ゲームのキャラも、RPGの主人公も、みんな目が見えない。乗り越えるべき冒険があるのに、暗闇に閉ざされて一歩も動けない」

私たちは呆気に取られつつも、優しい笑みを浮かべる彼の話に聞き入った。ミスター・サイボーグが話すからには、何かとても重要な意味があるとみながわかっていたからだ。

そしてミスター・サイボーグは、こう続けた。

「でも、彼らはただ動けないんじゃなく、彼らを動かす声をじっと待ってるんだ。やがてにわかに、彼らにだけ聞こえる声が、遠い彼方《かなた》から届いてくる。《ダッシュだマリオ！》とても強い意志と希望が込められた声だ。彼は走る。跳ぶ。豆の木を登って雲の上へゆく」

ここら辺になると、私たちにも先が読めてきたが、誰も口を挟まなかった。

彼の、おどけたり真面目な調子になったりと変幻自在の話しぶりに爆笑させられながら、この時点でほとんど心を動かされていた。

「何も見えない彼らを導く声。それを発しているのは神様じゃない。『コントローラー』と呼ばれる道具だ。その道具が彼らを冒険と勝利に導く。どんな敵にも勝てと命じる。決して挫《くじ》けずリトライしろと励まし続ける。『コンティニュー』を選択させる。それを持ってるのは君たちだ。君たちがいなければ彼らは動けない。彼らは君たちの声を待ってる。でしょ？　現実にも似たような相手がいるんじゃないかな。僕らは確かに自分の意志で動く。でも何も見えなくなったとき、誰かの『コントローラー』がつながってさえいれば、また動き出せる。格闘ゲームみたいに複雑なコマンドもなし。簡単な操作で、ゲームをクリアしたときの達成感を、この現実でも味わえるんじゃないかな？」

当時のコントローラーは全て有線だった。だから、

「つながってさえいれば」

という言葉に、胸の内側をくすぐられるような実感があった。

私たちはミスター・サイボーグの「声」で見事に操作され、落ち込んだ仲間を励ますための大々的な飲み会を開いた。以来、みな可能な限り、「声」を与え合ってきた。

ミスター・サイボーグがこの世を去ったのは、その数年後のことだ。

高校時代から患っていた拒食症が深刻化しての餓死だった。

ほとんど食事をせず、頻繁に薬剤を摂る。それが「サイボーグ」と呼ばれた第二の理由だ。本当に、信じられないほど優しくて繊細な人だった。

私たちは様々なかたちで、彼が健康を取り戻すよう「声」をかけ続けたが、結局、彼を導くことはできなかった。

葬儀の後、私たちは、ゲームマニアだった彼が愛用した様々なゲーム機のコントローラーを形見にした。

私が持っているのは、初代プレイステーションのコントローラーで、型番はＨのＳＣＰＨ－１０８０。

久々にそれを取り出して眺めるうち、自然と、最も小説で描きたい人の在り方が、心に浮かんできた。

ミスター・サイボーグの「声」は、彼が去った後も、私を動かしてくれている。

旅人たちのバス

　私が小説を書く傍ら、ついつい原作提供や、映像作品の脚本執筆などにも手を出してしまうのも、やればやるだけ小説の技術が磨かれるというのもあるが、やはり、様々な業界のひと味違う体験談を拝聴する機会が多いからだ。

　その一つが、「バスの話」だった。

「学校、卒業したくなくて」

　と彼女は言った。レコード会社に勤める「三十代の新人」で、常にはきはきとした明るい調子で座を賑《にぎ》わせ、

「他社に荷物を届けに来た業者にまで大声で挨拶するのはやめろと上司から言われる」

　ほど底抜けに気さくな性格をしている。

　いかにもプロデューサー向きだが、以前は大学院で「ぶらぶら」しており、

「社会に出るの面倒くさい」

と思っていたらしい。

——じゃあなぜ、よりにもよって、こんな多忙を極めるような仕事を選んだの？

そう尋ねたところ、

「とあるバスに乗りまして」

というのが彼女の返答だった。

「藝大の大学院で何か研究しなくちゃいけなくて。簡単に終わるのが良いなあ、って思ってジミヘンを選んだんです。生きてる時間が短いんで」

などとモラトリアムの鑑《かがみ》みたいなことを言う。

ジミヘンとはご存じジミ・ヘンドリクスである。「世界で最も偉大なギタリスト」であり、享年は確かに、たったの二十七。ファンならば誰もが嘆くであろう研究の動機である。

だが彼女がすごいのは、

「その頃までジミヘンと一緒にバンドを組んだドラマーが生きてたので」

とアメリカに飛び、

「会ったら良い人で。ツアーに参加しました」

という展開を、普通のことのように語るところである。

そもそも海外の名アーティストにどうやって同行できたのか。

「日本からジミヘンを研究しに来ました。お金ないんで安いモーテル教えて下さい」

そう、ドラマー本人に言ったらしい。怖いもの知らずも良いところである。

だが途方もなく気さくな彼女を、なんと、ドラマーのみならずバンドの人々もすっかり気に入ってしまった。

「何か肩書きをあげるからうちで仕事しながら一緒にツアーをしよう」

ということになり、勢いでアメリカを横断することになった。そもそも帰りの飛行機のチケットもない。これは面白い。彼女はあっさりその提案を受け入れた。

かくして伝説のギタリストとともに演奏した人物のバンドツアーに、日本人の娘が「パンフ売り」として加わり、数ヶ月にわたる「バスの旅」が開始された。

「バカでかいバスで、ベッドが六つくらいあって、みんなでくつろぐロビースペースがあるんです。居心地良いんですが、乗ってから私、バスに酔うことに気づいて」

というわけで移動中はひたすら大人しくしていた。ビールや怪しいクスリが次々に回されてきたが、「気持ち悪い」と全て断った。そのため、

「クールな子だ。アルコールもドラッグも一切やらない」

と妙に評価された。

その一方、「みんなホラー映画大好き」で、バスのロビーでしばしば「ホラーパーティ」が開催された。ひと晩中みなでスプラッター映画を鑑賞するのである。

「あんまりグチャグチャだと笑えるじゃないですか」

というのが彼女の見方で、メンバーが真顔で鑑賞するのをよそに、けたけた笑っていた。その様子にまた、

「なんてエキセントリックな子だ」

と変に評価された。

そんな次第でますます気に入られ、コンサートでは「背が低いから」と最前列に招かれ、演奏中のギタリストから「ばしばし」とウィンクを放たれたりしたらしい。

毎日が大忙しで、パンフ売り以外にもバンドの切り盛り全般に関わった。

「働きたくないから大学院行ったのに、すんごい働きました」

だが居候の立場では、実入りも少ない。最初はとんでもない労働苦に悲鳴を上げたが、しかしそれにもすぐに慣れてしまった。

いったん慣れると、後はただひたすら楽しかった。

「バスに乗ってる人たちみんな旅人なんです。帰る所なかったり。音楽でしか生きられなかったり。家はあるけど帰れない人もいて。辛い人生で傷ついてる人ほど優しいんです。外見はタトゥーだらけのおっさんでめちゃくちゃ怖いですけど」

彼女は、その旅人たちに迎えられた一人だった。

そしてその日々は、あっという間に終わった。やがてバスは西海岸に辿り着き、別れ

のときが来た。

「日本に帰りたいけど、帰りたくなくて。引き裂かれる気分でした」

そんな彼女にドラマーが言った。

「君は帰らなきゃ。ジミの論文を書いてくれるんだろ？　バスはいつでも空いてるし、日本と俺たちとの間にはでかい海があるが、ま、そんなに遠いわけじゃない」

旅人らしい別れの言葉だった。

「飛行機に乗って初めて涙が出ました。そのとき思ったんです。あのバスに本当に乗れる人になろうって。パンフ売りじゃなくて。本当に仕事ができる人になろうって」

そして帰国するや否や、論文を書きあげ、レコード会社を行脚《あんぎや》。世は就職氷河期で、大学院まで就活などしたこともなかったが、心の中にはいつでもあのバスがあって勇気をくれた。

果たして天性の明るさと行動力が実り、彼女は見事に就職に成功した。

だが同じ時期、ドラマーが死んだ。その「ろくでなしの死にざま」を奥さんが国際電話でわざわざ教えてくれたが、悲しすぎて内容は覚えていないという。

ただ奥さんが告げた、

「The bus is still running（まだバスは走り続けている）」

という言葉が胸に刻まれた。

「自分にとってどんな企画もあのバスと同じなんで。働きますよ」

そう告げる彼女の言葉の力強さに、じんときた。

ときに同じバスに乗る身としては、負けられないところである。

指導者は花嫁

何年も前のことだが、友人の結婚式のため、ワシントンへ飛んだことがある。ろくに金もない頃だったので、祝金として家族から持たされた金を旅費に変えてしまい、大いに叱られた。花嫁の家族が泊まるモーテルの隅で寝かせてもらい、彼らのワシントン観光にも文無しで同行した。祝うというより厄介をかけに行ったようなものだが、記憶に残る楽しいひとときだった。

アメリカ人である花婿《はなむこ》の親族とも気が合った。その一人が、オハイオ州に住む元消防士で、とある「花嫁」の話をしてくれた。

「最悪の夜だった。あれほどの火災は他に見たことがない。今も火事のニュースを見るたび思い出すよ。現場に着くまで自分がどんな気分で、どんなことを考えていたかを」

そう彼は言った。

たらしい。

「一九七七年──シンシナティ郊外の、ビバリーヒルズ・サパークラブ」

私も他の面々も、ぴんと来なかったが、どうやら地元では憧れの高級レストランだったらしい。

「土地の少女たちは、みんな、そこでの結婚を夢見たものさ」

彼も、若い頃はガールフレンドに、サパークラブで式を挙げたいと言われて閉口させられたくちらしかった。

洗練された娯楽を味わうことができ、様々な伝統的な儀式が行われてきたその美しい建物が、ある夜、電気系統の事故による炎に襲われた。

「ちくしょう土曜の夜だぞ！」

同僚から報せを受けた彼は、思わずそう叫んだ。

「何人いる？　千人？　二千人？」

その夜、サパークラブには従業員をふくめ、なんと三千人もの人間がいた。その全員が、突如として、火炎と煙に囲まれたのである。

「俺が放水ホースを載っけた車両をすっ飛ばしながら想像したのは、よくあるパニックじゃない。映画やなんかで見るような、ワーワーキャーキャーわめく集団なんて滅多にないんだ。それは野次馬たちのすることとさ」

彼は確信を込めて言い、そしてこう続けた。

「大きな火事に巻き込まれたとき人間は何をすると思う？　何もしないんだ。大半は、ぼんやり待つんだよ。誰かが命令してくれるのを」

彼がサイレンを鳴り響かせながら消防車を走らせるとき、しばしば、

「大勢の人間が、いきなり走って消防車を追いかけ始めるんだ」

という異様な光景を目にしたという。火災という非現実に遭遇した人々が、

「あそこにプロがいる、ついていこう」

などと反射的に思ってしまうらしい。

「そういうときは、紳士的にやったってなんの意味もない。『馬鹿野郎、走る方向が逆だ！　とっとと消えろ！』と怒鳴るのさ。さもないと、ハーメルンの笛吹き男よろしく、巻き込まれなくて済んだはずの人々を現場につれていくことになるからな」

大規模な火災はそれほど人から判断力を奪ってしまうものらしい。そしてそこで最も重要なことは、

「これは大騒ぎすることか？　変に騒いでも白い目で見られるだけでは？」

という誤った思考を振り切って、しっかりとした行動に移ることができるかどうか、だそうだ。もしそうした行動ができる者が一人でもいれば、周囲の人々は、自然とその人物に従うのだという。

「俺たちはそういう行動ができる人間を『現場の指導者』と呼んでいた。たまたまそこ

にいた人々の中から、突然、誕生する指導者さ。あの土曜の夜、俺は現場に向かいながらこう考えていた。『ちくしょう三千人だ。報告通りの燃え方なら、きっと到着するまでに三百人は死んでいるだろう。ああ、頼む。一人でいい。指導者が一人現れれば、それだけで死者は激減する』ってね。実際は絶望してたよ。煙で倒れて二度と目覚めない人々を五百体は運ぶ羽目になるって思っていたんだ」

そして彼が現場に到着し、消火栓の操作を部下に命じたとき、過去の経験から予期していたものと、想像もしなかったものとを同時に見た。

予期通りだったものは、道路でくつろぐ着飾った男女だ。

火災を見ても何もせず、まるでしばらくすれば店に戻れるというように談笑する者たちもいれば、手に持ったままのカクテルをちびちびやる者たちもいた。

「連中が助かったことに感激するのは、火事の詳細が新聞に載った後、さしずめ来週の土曜だなと思ったよ。災害に遭った連中の大半は、何が起こったかを理解するのにひどく時間がいるんだ」

そして、そんな彼らを両手を振って退去させる人物がいた。

「さあ、みなさん、早く下がって！　もっと大勢の人が建物から出てくるわ！」

決してヒステリックではなく、理性によって抑制された、よく通る声だったという。

声の主に彼は意表を突かれた。一見して高価なオーダーメイドだとわかる、真っ白いウェディングドレスを着た娘だった。

「あなたたちも下がって！　そして消防士の方々を通して！」

そう指示し続けていたのは、その夜、クラブで式を挙げたばかりの二十歳《はたち》そこそこの花嫁だったのである。

多くの少女たちと同じく夢見た日を炎に踏みにじられた彼女は、悲劇を嘆く代わりに一人でも多くの人を燃える建物から脱出させることに尽力した。救助が必要な者を探し、見つけたら助ける力を持つ警察官や消防隊員に伝えるようにという、きわめて的確な指示を、親族全員に行き渡らせていたという。

「オーケー、ここに指導者がいた。オーケーだ」

彼はそう思い、無性に誇らしい気持ちになった。

「これで死者は激減した。五百人の遺体を次々に発見するなんてことにはならないんだ」

たちまち絶望感が吹っ飛び、希望が湧いた。

彼が同僚とともに職務を全うしたその火災では、「現場の指導者」は他に十人ほども現れたという。その多くがクラブの従業員で、大勢の命を救うことになった。

記録では、サパークラブの火災による死者は、百六十七人。

決して少ない数ではない。だが急行した歴戦の消防士が予想し、絶望を抱いた数よりは、遥かに少なかった。

「選挙なんかなくても、本当は誰もが指導者になれるし、正しい指導者を選ぶことができるんだ。煤《すす》だらけのドレス姿で走る花嫁を見て、そう思ったよ。この国は実際のところ問題ばかりだが、本物のトラブルが起こったときは必ず誰かが立ち上がる。それがアメリカさ。その証拠に、今日の花嫁を見ろ。花婿や司祭ばかりか、俺たち全員、彼女の機嫌を損ねないよう、ひれ伏しているじゃないか」

彼の最後の言葉に、みな声を上げて笑った。

異国から来た私が少し羨ましくなるほど、誇らしい笑顔だったのを今も覚えている。

主治医とスイッチ

先日、小説誌と漫画誌の担当さんが、二人そろって自宅の仕事場を訪れて下さった。取材と打ち合わせを兼ねてのことだが、小説と漫画それぞれの視点を同時に提供していただけるのが非常に面白かった。様々なメディアに関わらせていただいているが、こうして小説と漫画を同時に語れる場は、まだ珍しい。いきおい、うちの奥さんも参加しての夕食となり、話題が八方へ広がるついでに、漫画の担当さんからこのコラムの「ネタ」までいただいてしまった。

「泣ける話？　ありますよ！」

手を叩《たた》いて彼は言った。自分と関係のない小説誌のコラムにまで嬉々《きき》としてネタを提供する。そういう、「持ちネタ披露」に生き甲斐《がい》すら感じているようなところが漫画編集者という人種にはある。

ただし、かなりの確率で、唖然となるような不幸話か、誌面にするには憚られるような品のない話であることが多い。あるとき自宅が火災に遭ったが、どう考えても父親が保険金欲しさに火を放ったとしか思えないだとか、新婚旅行でカヌー下りをしたところ激しい水流でオールが飛んできて花嫁の前歯を四本ほど粉砕しただとか、泣くに泣けない、いっそ笑うしかない話である。

下ネタについてはもはや書かぬが花だ。エッセイには不適切でも、漫画にすれば面白いのだから仕方ない。

「泣けるっつーか、単に俺が感動した話なんですけどね」

彼はこちらの警戒を察したように言い換え、

「でも本当に、今の俺を作ってくれたできごとなんですよ」

直球勝負の漫画編集者らしい直截《ちょくせつ》さで話してくれた。

「実家は長野の田舎《いなか》で、線路に踏切もないような所だったんですよ。だからなのか、そこで自分の将来を探す気になれなくて、大学受験のとき、上京したんです。そうしたら変な病気になっちゃって。最初は風邪だろうと思ってたんですけど、ずっと頭痛がとれないんですよ。何度も病院に行ったんですけど治らずに、毎日毎日だるくて仕方なくて。もう受験どころじゃないよ、ヤバいよって思ってたら、急にうちの親が電話してきて、『病気なんだろ。何やってんだ、帰ってこい。早く主治医に診《み》てもらえ』って言うんです。『主治医じゃないとお前は治らないんだ』って」

この「主治医」とは要するに地元の町医者のことで、地域の老若男女がかかりつけになっていた。

彼も幼い頃からずっと診てもらっていたが、さすがに主治医という意識はなかったし、そもそも自分が特殊な病気に罹《かか》っているかのような両親の態度についていけなかった。

しかし幾ら大丈夫だと言っても、両親ともに一刻も早く帰れと強硬に主張する。既にその病院にも電話をして、今日のうちに診てもらうことになっているのだと。

「今日かよ」

さすがに呆れた。

とっくに昼を回っており、どれだけ急いでも到着は夕方以降になる。

だが慢性的な頭痛のせいで両親の言葉に抵抗する気力もなく、言われるがままに下宿を出て駅へ向かった。

気だるさのせいで異様な疲労感があった。近くの病院に行けばいいじゃないかと、うんざりする思いで実家のある街に辿り着いたときには、もう夜の八時を回っていた。当然、辺りを夜闇が覆っている。

もはや診察してもらえる時間ではない。そう思ったが、車で迎えに来た父親は彼を乗せるとそのまま病院に直行した。

到着すると、ちょっとした騒ぎになっていた。

母親と兄弟が病院を閉めないよう頼み、お詫びとしてミカンの入った段ボールをせっせと運んでいる。そういう街だった。彼の目にその様子はいかにも田舎くさく見えた。

——なんだよ、ただの医者じゃないかよ。なんで患者がこんなヘコヘコしなきゃいけないんだよ。

しかし受付の看護師は仏頂面で彼を睨《にら》み、

「なんでこんな時間になったの。先生、ずっと待ってるんですよ」

と、くどくど文句を言った。

家族全員、平謝りである。その渦中にいるはずの彼は、具合の悪さと急な移動とで、げんなりするばかりだ。

さっさと終わらせたい一心で診察室に入り、

「遅れてすいません」

頭痛を我慢しながらその医師に頭を下げた。

すると医師はきょとんとなってこう訊いた。

「なんで謝るの？」

「え？」

彼もきょとんとなった。おそらく説教の「前フリ」だろうと思ってこう返した。

「いや、こんなに遅くなりましたから。受付の人にも怒られたし。本当、すいません」

「誰が君を怒ったの？」

医師が繰り返し訊いた。

「誰？」

彼が受付の看護師のことを話すと、医師はいきなりそばにいた別の看護師に、

「ちょっと呼んできて」

と言った。一分と経たずに看護師が現れた。

「何か？」

と訊く彼女を遮って、医師が叱り声を飛ばした。

「私の患者に何をするんだ」

その看護師も彼もびっくりした。医師は続けて言った。

「私は、何時まででも待つと言ったはずだ。医者が必要だと言っている人を、君がそんな風に扱ってどうする」

医師のおそろしく真剣な態度に、今度は看護師のほうが、平謝りになる番となった。実に胸がすくような光景だった。受付の看護師のことではない。ひたすらその医師の態度にしびれきっていた。こういう人だから家族が頼りにするのだということがやっとわかった。頭痛のことすら吹っ飛び、目が覚める思いで医師を見つめていた。

やがて、心の底から、

「ああ、こういう大人にならなきゃいけないんだ」

という強烈な確信が湧いた。のみならず、咄嗟に心の中で逆転が起こった。

「将来のことなんかいちいち考えなくてもいいじゃないか。そんなの、なんだっていいんだよ。こういう風に自分を必要としている相手に命を懸けられる大人にならなきゃダメだ。そのために頑張んなきゃダメなんだ」

それは何年経っても鮮明に思い出すことのできる、

「スイッチが入った瞬間でした」

と彼は言った。

誰かに押されるまでは決して点灯しないスイッチであるのだと。誰しもそういうスイッチを持っているが、自分で押そうとしたってなかなか簡単にはいかない。だがいったんスイッチが入れば、それは一生涯、自分を動かし続けてくれる。彼の場合、その医師がスイッチを押してくれたのだ。

ただ、不思議とその後の記憶は曖昧で、気づけば猛勉強をして試験に受かっていた、という感じだった。

しつこく自分を襲っていた頭痛がどうやって治ったのかもろくに覚えていない。

そもそも、あの頭痛の原因が何だったのかすらわからなかった。何であれ、きっとあの医師がすっかり取り除いてくれたのだし、家族が頑張って自分をふるさとに呼び寄せたことで、一夜にしていろいろなものが解決したのだ。それだけは確かだった。

数年後、家族から「主治医」である医師が、病院を息子に譲り、引退したという話を聞かされた。

きっかけは子供の死だった。医師の幼い孫が、重度の肺炎を患い、必死の看護も空しく夭逝《ようせい》してしまった。

医師とその息子が、幼い子供を治すために全力を尽くしたことは容易に想像できた。そしてその分、どんな慰めも届かないような深い絶望を感じたであろうことも。

彼と彼の家族は、多くの街の住人たちと同じく、医療の現場から退くことを決めた「主治医」に、長年の感謝を込めて贈り物をした。

ミカンの入った段ボールを、今度は彼自身が運んだ。それからしばらくして、「主治医」もまた、世を去った。

「あの人がいなかったら絶対に今の自分はなかったですね。別にものすごい病気だったわけじゃないけど、命の恩人ですよ。本当の意味で。どうですこのネタ。良くないですか？」

なんとも自信に溢れた様子で、彼は言ったものだった。

これまで大勢に何度も同じ「ネタ」を披露しているのが、態度からも明らかである。

それほどまでに自分に自信をもたらしてくれたエピソードなのだ。

何を扱うにせよ、こういうおそろしく真っ直ぐな思いを、至上の価値とする現場が、世に対して強い力を発揮するのは当然のことなのだ。

改めてそう思わされた夜だった。

音楽と十円ハゲ

「俺が音楽を始めた理由っすか？」

彼は不思議そうに訊き返した。

私が関わったアニメーション作品の膨大な数のテーマ曲を書いた人物である。プロデューサーの「作りましょう」の一言で牛馬の如《ごと》く働かされ、ライブにトークショーにラジオに学園祭行脚と精力的に活動し続けている。傍目《はため》にはエネルギーの塊である。とあるイベントののちの飲み会で同席することとなり、相手の根幹に興味が湧いて訊いたのだが、彼は難問を前にしたような顔で、

「待って下さい。ちょっと思い出しますから」

などと真剣に言った。

「えーと、高校でバンドしてたんですが……あ、そっか、高校生のとき父親の転勤で引っ越すことになって。現地のどの学校に通うか決めなきゃなんなかったんですよ。で、

女子が一番多い所はどこか調べまして。絶対そのほうが良いでしょ。でも単に女子の数で決めるより男女比で女子が多いほうが良いかも、とか真剣に考えすぎて、だんだん何がしたいかわかんなくなってきて。俺って何がしたいんだっけ、待てよ、そうだ音楽だ！　ってあるとき思い出したんです。そうしたら、高校なんか通ってる場合かよ、って思って」

そんな場合も何も、既に引っ越し先の家も決まった後である。

しかも、父親が先行して家族を待っている状態だった。だが父親と電話で話した際、正直にその気持ちを告げた。

「このままだと俺、音楽やらなくなるっていうものすごい確信があったんですよ。だって逃げ道があれば絶対そっちに行くタイプだし。高校を卒業して大学に入ったりしたら、そっちのほうが楽でしょう」

普通なら音楽を逃げ道とみなす。だが彼は違った。父親も違った。

「そうか」

電話の向こうで父親が呟いた。

「母さんと代われ」

父親に言われて、母親に電話の受話器を渡した。

たちまち母親の顔色が変わった。

　父親が何を言ったかはわからない。だが母親はいきなり声を上げて泣き始め、彼は呆然となった。

　とんでもないことをしてしまった。そう思ったが、もはや事態を見守るしかない。

　そして彼の父親が下した結論は、彼だけ東京に行かせて専門学校に通わせるということだった。

「もう可哀想《かわいそう》で、うちの母親。円形脱毛症とかになっちゃうし。しょっちゅう泣くし」

　そんな状態にしたのは明らかに彼と父親なのだが、そこから先は彼のほうこそ惨憺《さんたん》たる有り様となった。現実は、筆舌に尽くしがたいほど厳しかったのだ。

　いったんデビューもしたが、

「もう、黒歴史ですよ」

　と彼は言った。意気投合できる仲間や、今もユニットを組むボーカルの女性とも出会えたが、オリコンチャートの左ページ（一位から五十位）を目指すも、ゆいいつの成果は百八位。煩悩の数そのものだ。

　ついにあるとき、ガックリ来た。もう潮時だろうとユニット相手にも言われた。

　悲しい思いでそれを受け入れた直後、予想外の相手から連絡が来た。

　レコード会社のプロデューサーである。路上ライブで彼らのＣＤを買ったという。いわゆる「チャンス到来」だが、もう夢は見なかった。

彼は初対面のプロデューサーに、淡々と告げた。

「もうやめるんです」

プロデューサーも慣れているのだろう。まったく深刻な顔をせず、

「じゃあ一年だけでもやってみませんか」

そう彼を説得した。うまくいけばテレビ番組のテーマソングに起用されると。馬鹿馬鹿しかった。悲しい思いで音楽を諦めた矢先で、身が入るはずがないじゃないか。

そう思った。だがなぜか部屋にある趣味のもの全てを捨てた。曲が完成するまで禁酒禁煙をユニット二人で約束した。

気づけば、本当に音楽だけが全ての日々に突入していた。プロデューサーは呆れるほどの数の作曲を命じた。その全てに応えた。やがて、のちに彼らの代表作の一つとなる曲が完成し、社の看板声優のラジオ番組で紹介された。

その声優が番組内で言った。

「これをただのアニソンと呼んでいいかわかりません。普通にすごい曲ですよ。変な言い方ですけど、とにかく、すごいの」

彼は何も感じなかった。

すっかり燃え尽きてしまったと思った。自分の曲が世に出回っても、音楽はやめようという気持ちに変わりはなかった。

だがそのラジオ番組収録の帰途、車を運転しながら急に何かが込み上げてきた。何が何だかわからず、慌てて路肩に車を停《と》めた。そしてそのままハンドルにしがみついて泣き出していた。

「あの人に誉められたんだ」

ラジオ番組で紹介されたという実感が、遅れて湧いた。そのせいで、涙が止まらなくなった。

「まだやりたい」

燃え尽きたと思ったのに曲想が溢れた。オリコンチャートも何も関係なかった。

「俺は一生これをやる」

心はとっくの昔に覚悟していた。母親に十円ハゲまで作らせてこの道を進んだ。女子の数で高校を決めようとしていたとき以来の確信だった。

「それでわかったんです。準備ができてない人間には何も与えられないって。覚悟するだけじゃ足らなくて。覚悟した自分に従ったとき何かが始まるし、自分の覚悟を信じる人が現れてくれたとき本当に逃げ道がなくなるって。だから、なんというか、音楽を始めた理由はさておき、今やっと始まったばかり、という感じですね」

ちなみに、先の「普通にすごい曲」はオリコンチャート十五位。

煩悩の数から九十三段ぶっちぎりで十万枚単位のセールスを記録した。単純な金額換

算で、書籍なら百二十万部の売り上げだ。それでも、

「今やっと始まったばかり」

という彼らに、普通にすごく、しびれた。

鬼と穴あきジーンズ

作家のくせに映像作品の脚本にも手を出すことが是か非かは、実のところ最近、私にもよくわからないのだが、少なくとも他メディアに参加し続ける理由の一つは明白である。

鬼がいっぱいいるからだ。

現場の鬼である。特に集団で仕事をする現場の鬼どもは、一人で原稿に没頭する作家生活ではなかなか身につけられないものを備えている。

私自身の作品をアニメーション化した際の制作現場など、鬼の群れだった。

中でもアフレコ現場に、とびきりの鬼がいた。音響監督のMさんである。今回の作品だけでなく、かれこれ十年前、最初にアニメーションに参加したときにも勉強させていただいた。

そのときスタジオを訪れた私は、挨拶しようとして彼に近づいた。

「どけ」

というのが彼の返答だった。

別に、嫌な人だとは思わなかった。まさに「鬼がいる」と思った。

というのも、緊迫感が漂うレコーディングの最中に、むやみに声をかけるほうが、悪いのである。当時の私には、その塩梅《あんばい》がよくわかっていなかった。

アフレコは、声優陣がアニメーションに声を吹き込む現場だ。

スタジオの防音ガラスのこちら側には、音響スタッフ、アニメ監督、脚本家、プロデューサー陣がいる。他方にはヘッドホンをし、脚本を手に、出番を待つ役者たちがずらりと並ぶ。

場合によるらしいが、私が知るのは緊張の現場ばかりだ。音響監督は作品の「音」に責任を持つ。だから「声」にも恐ろしく真剣だ。特にMさんは声音の根本にある「意味」について容赦せず、監督にも遠慮なく訊く。

「絵で見ると近いよね。『それ』ってセリフじゃ言ってるけど、『これ』だよね」

というのは決して重箱の隅をつついているわけではない。

「『それ』だと距離があるから自然に声をはっちゃう。すぐそばにいるのに、相手と離れた芝居になるけど、いい？」

このように指示語一つで会話全体のニュアンスががらりと変わることがあるからだ。

複数の登場人物がいるとき、必ず複数の声優陣がいる。彼らが互いの感情の距離感を読み違えれば、芝居がちぐはぐになる。

その原因が、ときに文字数にして、たった二文字か三文字のセリフであったりする場合もある。

小説家としても身が引き締まるし、肝が冷える。甘いセリフなど、問答無用でぶっ叩かれるからだ。

「この、『ああ』の返事の意味は？　相手の感情に気づいたの？　相手に共感を示したいの？　それともこれ、単に会話をつなげたいだけ？」

という具合だ。

別の現場でこんな話を聞いた。

ある有名タレントがアニメの声優として参加した。子供向け作品ということもあり、現場をなめきっていたらしい。

だが彼の先輩タレントがレギュラー出演しており、後輩より早くスタジオ入りした。

そして音響監督とともに、

「彼の声が芝居に入るから、俺はこういう声にしないとな」

と後輩の声を想定し、自分の声を作っていた。

その光景に、なめきっていたタレントの表情が一発で真剣そのものになった。

そういう「伝わる真剣さ」を現場の鬼たちはことごとく身につけている。

独善的に「俺は真剣だ」とわめいたところで、誰も従いはしない。代わりに彼らは作品を少しでも良くするために何でもやる。

たとえばあるアフレコ現場で、Mさんが、

「駄目だ、できない」

と呻《うめ》いたことがある。

声優の実力が足らず、セリフのニュアンスが出ないのである。しかしMさんは諦めず、数秒ほど沈黙し、それからその声優に、

「○○さん、怒りはなしで。我慢してる感じでお願い。痛いのをうんと我慢するの。絵は見ないで」

と切り返した。ぽかんとなる声優も、その通りにすると、見ていないはずの絵にぴたりと声が合った。

手練手管ではない。作品を読み込み、監督の意図を理解し、声優の声の質を頭に叩き込んだ上での指示である。その根底には空恐ろしいほどの真剣さがある。そしてこの鬼は最後に必ず、

「それ、いただきます」

と相手に敬意を払うのである。

声を「もらう」のだ。決して「俺の言う通り出せ」ではない。

「その証拠に、Mさんのジーンズのズボンって、たいてい膝のところが擦り切れて、穴があいているんだよね」

ある有名声優さんに、そう教えてもらった。

Mさん自身もふくめ、誰も気にしていなかったことであったらしい。単にMさんのスタイルだと思っていた。確かにそれは誰にも真似《まね》できない彼のスタイルだった。

「それ勲章だね」

あるとき有名声優が、Mさんのジーンズの穴を指して言った。

分厚い防音ガラスの向こうにいる声優陣の所に行き、直接指示を出すとき、Mさんは必ず、椅子に座って待機する彼らよりも低い場所から声をかける。

つまりその場に膝をつくのだ。だから穴があく。逆に言えば、穴があくほどひざまずく。そのことに、その有名声優だけが気づいた。

Mさんは指摘されて初めて、家にあるジーンズを見た。全て膝が破けていた。

「穴があいたズボンが勲章かよ」

とMさんは苦笑する。だがあるプロデューサーいわく、

「それって、Mさんにとっては仕事をしていて一番、言われて嬉しかった言葉なんじゃないかな」

とのことだ。

その、鬼の膝小僧に、私は心底しびれた。

王者のように君臨し、鬼のような気配を発するMさんは、今日も両膝が擦り切れたジーンズを穿《は》き、そこにいる人々の前に、そして何より、作品の前に、ひざまずくのである。

こうして学ぶことが沢山ある現場からは、しばらく離れられそうにない。

教師とTシャツ

夏の終わりは、父との思い出をよみがえらせる。

三年にわたる癌との闘いの末に、彼が世を去ったのは八月三十一日だった。夏休み最後の日、私は十六歳の高校一年生で、それ以上、父も家族も苦しまずにすむことに、ほっとしていた。

だが心の別の側では、すさまじい苦痛にまみれてでも父に生きることを願い、そして叶《かな》わなかったことを恨んだ。

今はもう、そんな恨みを意識することもなくなりつつある。

代わりに、様々な父と子の物語を、様々な人の口から聞きたくなる癖がついた。

先日も、印象深い話を知った。あるエンターテインメント系の会社を取り仕切る社長から、直接聞かせていただいたお話だ。

「もう、最悪の父親と娘でした」

そう彼女は言った。

「どっちが悪いっていうより、なんでこの二人が一緒に住んでるのって疑問に思うくらい、とにかく相性が悪かったんです」

彼女の父親は絵に描いたように厳格な高校教師で、

「パジャマにアイロンかける人って想像できます？」

などとエピソードに事欠かないほど「きちんとする」人だったらしい。

生活指導を職務とする相手との生活は、いわば「暴動の毎日」で、彼女のやることなすこと父親の信条に反した。

口論は体罰を招き、さらに彼女の反抗を招く。寛容の余地はなく毎日が苦しかった。やりきれないことに、妹のほうは父に似て「きちんとする」性分で、親は姉を責め、妹を誉める。なぜ自分だけが、という寂しさを抱く日々に、終止符を打ちたかった。

和解が無理なら当然、

「家を出る。それしかないって思ってました」

となる。だが、その脱出の仕方がすごかった。

高校卒業と同時に、女優を目指して上京。その後、運営側に回るのだが、どちらも、

「我が家の生活指導教官」

たる父親の意に沿うわけがない。家を出てのちも、

「お前はなぜきちんとできないんだ」

という父親の叱責がつきまとった。

だがやがて悲しみを抱くことをやめ、あっけらかんとした態度を武器に、「きちんとしない」日々を全力で生きた。妹が大学を出て就職し、結婚と出産を経験するのをよそに、バンド歌手の後援をきっかけに起業し、「代表取り乱し役」などと称してプロモーションに励んだ。

そんなある日、久々に会った妹から、

「お姉ちゃんはいいよね、充実してて」

と言われた。彼女は咄嗟に、

「あなたはいいよね、愛されてて」

と思ったが、悪い気はしなかった。気づけば、自分は自分だと思える心を獲得していた。

同じ頃、役所での手続きのついでに実家に寄った。

母親と雑談するうち、父親が帰宅した。定年退職後も教育委員会に属する父親の姿を見て、昔の息苦しさを思い出した。

泊まっていけという父親に対し、

「会社に戻る約束をしてる」

と嘘をついた。父親は、

「そうか、頼られてるんだな」

と小さく呟き、

「空腹はよくないぞ」

お菓子の入った箱を押しつけるようにして彼女に渡した。

面倒なので逆らわず受け取り、さっさと一人暮らしのマンションに「帰宅」した。今はそこが帰るべき場所だと信じきっていた。

菓子の箱を開いたのは翌朝だ。

会社で社員と分け合おうと思ったのだが、中身を見て意表を突かれた。

何種類かのシュークリームが、三つずつ並んでいる。父親が、母親と彼女の三人で食べるため買っておいたのだとわかった。父親が早めに帰宅したのも彼女に会うためだった。全て事前に準備をしていたのだ。

「きちんとしてるなあ」

思わず呆れた。朝食代わりに一つ食べるうち、ふと、父親は怒らなかったな、と思った。せっかく準備をしたのに。さっさと帰ってしまう娘に小言一つ口にしなかった。

途端に、涙が溢れた。

昔の寂しさが込み上げ、そして消え去るのを感じた。

「なんて不器用な人なんだって思っちゃって。父親のこと、そんなふうに思ったことなくて、自分で驚きました。きっと、私のことをどうしていいか、本当にわからなかったんだなあ、って」

その後、父親と接する機会が立て続けに二度あった。

一つは私もかかわっている。というのも帰郷の際、母親に「知り合いの作家さんなの」と私の著作を一冊、渡してくれたのだそうだ。

それを父親が読んだ。のみならず数日後に彼女に電話をかけてきた。

「延々と本の感想を語るんですよ。すっごく細かく、教師復活、みたいな感じで。私も感想を言ううちに、気づけば自然と父親と話してたんです。まさかそんなことになるなんて、思いもしませんでした」

おそらく私の著作でなくとも良かったに違いない。きっと父親も、娘と話す機会を欲しがっていたのだろう。だが、こうしてたまたま私にも縁があるということは、実際、ひどく気分が良くなるものだ。

二度目の機会は、お菓子の御礼に送ったTシャツだった。

「会社のイベントで作ったものなんですけど、箱を間違えて、Lサイズのつもりが Sサイズで、しかも女の子用の、どピンクのやつを送っちゃったんです」

会社にいる彼女の携帯電話に、メールが来た。

添付された画像には、Sサイズのピンクのシャツを着たおっさんが映っていた。

もちろん彼女の父親だ。そこでやっと間違えたことに気づいたが、それどころではなかった。

「お腹出てる」

爆笑しながら社員に見せた。みんな大笑いした。一人が、

「いいお父さんですね」

しみじみと言った。その一言が胸に迫った。笑いながら、あやうく泣きかけた。

父親とて、彼女の間違いに気づいたはずである。なんとも不器用な愛情だった。厳格な教師の姿が、そのとき完全に消えた。

『お父さん、バカ（笑）』

気づけば何の気兼ねもなく、そう返信していた。

そんな言葉を父親に送れる日が来るとは、思いもしなかった。

相手が生きていればこそ、こうして和解も訪れてくれる。私には羨ましい限りだが、多くの人々の物語を知ることで、死による不在を埋めてもらうことができている。

彼女と父親の物語に感謝である。

仁義の人

仁義をきる、という言葉がある。

悶着が起きそうな相手と前もって話をつける、といった意味合いが強い。だが本当の意味で、仁義をきる場合がある。

相手がいないときだ。

「本当は自分ではなかったんです」

と彼は言った。

とある売れ筋雑誌の若手編集長で、まぎれもなく花形部署での躍進だ。しかし当初、その就任に異を唱えたのは、彼自身だった。新編集長になるべき人物は、彼の「悪友」だったという。

「やつとは学生の頃からの腐れ縁でね。二人同時に女にフラれた、情けない男どもです」

どういうことかというと、彼の友人の一人が、あるとき、ある女性に恋をした。で、思い切って告白をするという。その結果を、彼と「やつ」をふくめた五人の男どもで鍋をしながら待った。

恋が成就すれば五人だけで祝う。破れれば傷心の友人を迎えて慰める。そういう約束だった。鍋を火にかけてから三十分くらいで電話が来た。結果は、

「付き合ってくれる」

とのこと。

「やったあ、とみんなで祝いまして。しかしふと、やつを見ると、泣いてるわけですよ。理由を訊くと、『俺もあの子が好きだった』ときやがった」

泣くな、馬鹿、と言う彼のほうも、もらい泣きしてしまった。

「実は、俺も好きだったんです、その子のこと。情けないことに涙が止まらなくなって」

というわけで、その場にいない一人を祝いつつ、傷心の二人を慰める鍋となった。

「こんなんでいいのかよ」

彼が悔しがると、

「馬鹿。いいんだよ、これで」

と「やつ」は泣きながら言う。

忍ぶ恋の甘さ、苦さは格別だが、同時に分かち合うのも珍しい。

「負け犬二人」の人生は、その後も奇妙に重なった。卒業後は、はかったように同じ会社に就職、部署もことごとく同じ。恋には破れたが、二人とも抜群に優秀で、「どちらが先に編集長になるか」と噂された。

結果を先に出したのは「やつ」のほうで、新人作家を一から育てて大ブレイクさせた。編集長の座は「やつ」に軍配が上がった。

「やつなら仕方ない。そう思わせてくれたのが、嬉しかったですねえ。お前が上司なら俺も楽ができる、なんて言ってね。そしたら、やつは、俺を楽させてくれる部下はお前だけだ、なんて言いやがって」

だが直後、「やつ」は世を去った。

みな呆然とした。これからというとき、期待を一身に背負った男を、突然、病が奪ったのである。そのせいで葬儀の席でも、悲しみではなく猛烈な怒りに襲われた。こんな馬鹿なことがあるのかと、悲しみを鬱憤《うっぷん》が上回った。

その上さらに、「やつ」の代わりに彼が編集長となることが内定し、怒りは頂点に達した。

「なんで俺なんですかって上司に怒鳴っちまいまして。上司も上司で『お前以外に誰がいるんだ！』って激怒するし。周囲の連中も、意味もなく怒ってばっかりでねえ」

それくらい「やつ」の不在が信じられなかった。

だが引き継ぎ業務は容赦なく進行し、疲労ばかり蓄積してゆく。

やがて疲労の核心が、

「俺は仁義に反している」

という罪悪感にあることを悟った。俄然《がぜん》、やらねばならないことが心に迫った。

「俺はまだ、やつに仁義をきっていない。そう思って、やつがいる場所に直行したんです」

もちろん霊園だ。雑誌リニューアルの真っ最中であり、やっと会社を抜け出し、霊園に着いたのは、夜の九時過ぎだった。

敷地に入ろうとして、張り渡されたロープと、『警報機作動中』の看板に気づいた。

「そんなの知ったことか。今すぐやつに会うんだ、と思って、ロープをまたいで、看板をふんづけて中に入りまして」

たちまち警報音が響き渡った。

警備員が現れ、彼を発見して近づいてきた。

そこで彼は、なんと、走った。「やつ」の墓を目指して全力疾走したのである。

鞄《かばん》を握りしめ、ネクタイにスーツ姿で、夜の墓地をジョガー・スタイルで突っ走る
「不審な男」は、しかしあっさり捕まった。

道に迷って袋小路に陥り、大柄な二人の警備員に両脇を抱えられ、ずるずると霊園の外まで引きずり出されてしまったのである。

駆けつけた住職と、警備員たちに、彼は思いの丈をぶちまけ、礼儀正しく名刺を渡した。めちゃくちゃである。住職も彼の勢いに負け、特別に墓参を許した。懐中電灯を手にした住職の案内で、やっと「やつ」の墓前に来た。

線香を捧《ささ》げ、手を合わせるや、胸中で、「こんなんでいいのかよ」と叫びが起こった。

その途端だった。

「馬鹿。いいんだよ、これで」

と、「やつ」の声を聞いた気がした。たちまち子供のような泣き声が彼の口から迸《ほとばし》った。突然の訃報に打ちのめされて以来、初めて流れた涙だった。

「俺が引き継ぐ。お前が残した火は絶やさない」

泣きながら、渾身《こんしん》の誓願を立てた。

こういう真っ直ぐな和解の念を、心に刻む人間は、とにかく強い。理屈を通り越した説得力を身に備え、その強さは周囲にも浸透する。失敗はむしろ多かったが、部員全員が必ず失敗から学んだ。売り上げが急増し、質・数・量の三拍子が揃った部署と称賛された。

「そのときわかりましてね。根回しは、まず自分から。自分自身に『仁義をきる』。それができない限り、本当に人に喜んでもらえる仕事はできないんだなって」

と彼は言う。

本当に喜んでもらいたい人というのは、「やつ」のことであるのは明らかだった。いろいろと突っ込みたくなるところはあれど、その率直きわまりない態度に、正直、じんときた。

携帯電話とエゾシカ

災害がもたらす衝撃は想像以上に強く、そして長く続く。

以前、お世話になった女性イラストレーターさんから、とある酒席でそうしたお話をお聞きした。

彼女の名刺には、でかでかと牡鹿《おじか》の角が描かれていて、なぜ鹿か、というところから話が始まった。

「『せんとくん』じゃありませんよ」

彼女は笑って言った。

「きっかけというか原因は、震災でした。親友が亡くなったんです。崩れた家の下敷きになって」

高校からの親友だった。一番の思い出は、油絵のコンクールで二人とも入賞したこと。

大学卒業後、彼女は上京を、親友は地元のデザイン事務所への就職を希望していた。

そして、阪神淡路大震災に襲われた。

家族は無事だった。だが避難所で親友の死を報された。

「その子のおばあちゃんから携帯電話を見せられたんです。彼女、瓦礫《がれき》に埋もれて動けないまま最期にメールを打ったんです。遺書みたいに。家族や友達や彼氏の名前があって。最後に、『○○、今まで本当にありがとう』って私の名前が……」

メールは未送信トレイに保存されていた。

遺族の許しを得て、そのメールを自分の携帯電話に送った。そして復興に励む街を去り、上京した。

漫画家として活躍する先輩のアシスタントをしつつイラストレーターとして働いた。

悲しみを抱きながら、新たな一歩を踏み出せたはずだった。

だが親友が最後の力を振り絞ってメールを打ったときの絶望感を想像しては心が痛んだ。その痛みに体まで反応した。体調不良が慢性化し、何もかも思うようにできなくなった。

これじゃダメだ、亡くなった親友を悲しませる。そう思うがどうにもならない。

見かねた先輩がアシスタント代をはずんでくれた。旅行にでも行きなさい、という先輩の厚意に甘え、北に向かった。

「以前、何かの番組でエゾシカを見たんです。カッコイイ生き物だなあって感動して。

あと、親戚が北海道で牧場の仕事をしてるんで、泊まらせてもらえることになって」

逞《たくま》しく生きる野生動物を見ることで癒されるかもしれない。

そう思って北海道へ行き、札幌からレンタカーで親戚の家まで向かった。

途上、まさにその逞しい動物と遭遇した。

「間違いなく百二十キロくらいあったはず」

という巨体が、いきなり道路に飛び出し、彼女が運転する軽自動車と激突したのである。

むしろ「車のほうが撥《は》ね飛ばされた感じ」の、とてつもない衝撃だった。しかも新雪の凍結が災いし、軽自動車が「横に二回転」した。

幸い彼女に怪我はなく、横倒しの車からなんとか這《は》い出したものの、気分は最悪だった。

「もう何やってんの私？　癒されに来たはずの動物を殺しに来たの？」

あまりの情けなさに、その場で鬱っぽくなり、自分なんか死んでしまえと思った。

とはいえ体は寒さを訴えている。一刻も早い救助を望んだ。周囲十数キロに民家が一軒もない場所である。親戚に電話をすると、

「ＪＡＦは来ないから自衛隊に助けを求める」

と言われた。

すごい土地だなあ、と他人《ひと》ごとのように感心したとき、カッカッと何かを打つ音が聞こえた。見ると、激突した牡鹿がまだ生きており、道路でもがいていた。

「もう大慌てでまた親戚に電話して、『まだ生きてる！　どうしたら助けられるの!?』って叫びました」

親戚の返事は、

「絶対に近づくな」

であった。巨体の鹿に角で刺されれば死にかねない。それにエゾシカは個体数が増加し、保護する義務はない。むしろ増加を抑えるため、鹿革や鹿肉を名産にしているほどだった。それでも数が減らないため、狼《おおかみ》の群れを輸入したらどうだ、という意見まで出ているという。

そう説得されたが、彼女の心は『関係ねえ！』と叫び続けた。

むしろ泣いて親戚を説得し、応急処置のすべを訊いた。車にあった防寒用の毛布とガムテープを手に、鹿に近づいた。幸い、鹿は弱っていてそれほど暴れなかったが、

「一度だけ蹴られまして。もう肋骨《ろっこつ》が折れたかってくらい痛くて、大声で泣きました。すごかったです。ホント、道路の端から端まで吹っ飛ばされました」

悪戦苦闘し、結局、毛布とガムテープで裂傷の出血を抑えることしかできなかった。

やがて自衛隊員が来て、まず当然のことながら、彼女が救助された。

横倒しの車を道路に引き揚げていると、遅れて役所の人間が現れ、傷ついた鹿を軽トラックで運んでいった。その際、彼女は役人に、

「お願いします。食べないで下さい」

と泣いて懇願したという。

大騒ぎを経て親戚の家に到着し、冷え切った体を温めるため風呂《ふろ》に入った。湯船に浸かり、異様に興奮している自分をやっと自覚した。脱いだ上着の胸元も、自分の手も、鹿の血で真っ赤だったことを思い出し、勝手だな、とつくづく思った。勝手に休暇で来て、見たかった生き物を撥ね、自分では何もできず、何人もの見知らぬ人々に助けてもらった。

情けない限りだが、いつもの鬱々とした気分にはならなかった。むしろようやく親友の言葉が胸に迫った。

「『ありがとう』って、ああ、本心だったんだなって、やっと納得できたんです」

親友は決して恨みを抱かず、一緒にいてくれた人たちへの感謝を抱いて世を去った。それこそ人間の特権だ。そう思って風呂の中で泣いた。悲痛の涙ではなく、弔いの涙だった。

「こっちこそ、本当にありがとう」

その言葉が、長く苦しんだ心の痛みとの和解となった。

そういう一歩を踏み出せればあとは早い。帰宅してのち嘘のように体調不良が治った。アシスタント代を奮発してくれた先輩は、彼女の経験談を聞いて、

「まあ、結果的に、鹿が癒してくれたってことかねえ……」

やや複雑な顔で言ったものだった。

その先輩の言葉が心に残り、のち自分の名刺には鹿の角の絵を入れるようになった。

なお、撥ねた鹿は無事、専門家が治療して野に戻してやったらしい。その後はわからない。ただ、

「お陰様で逞しくなりまして」

という彼女いわく、

「鹿って、意外にさっぱりしてて美味《おい》しいんです」

だそうである。

化粧をする人

世の中には驚くような夫婦がいるものだ。

いわゆるカップルと違うのは、夫婦関係は日常生活だということに尽きると思う。二人の人間がともに一つの生活習慣を築くところに夫婦の面白さや難しさがあり、古今のエピソードは枚挙に暇《いとま》がないが、つい先日も、ちょっと信じがたい夫婦の習慣について編集者に教えてもらった。

「旦那さんが作家で、奥さんは専業主婦でした。この奥さんがすごくてね。いつお会いしても綺麗にお化粧してるんですよ。午前三時とかでもね」

というのである。なぜそんな丑三《うしみ》つ時にお目にかかるのか。

「パーティの三次会の後、その作家先生の家にみんなでお邪魔して飯を食うってことになりまして。さすがに奥さんにご迷惑でしょうと言ったんですが、先生は『大丈夫、大丈夫』と言う。で、実際に行ってみると奥さんが起きてるわけですよ。しっかり化粧して。外出でもするのかって格好でね、みんなの食事を用意してくれるんです。先生が事前に電話をしたんでしょうけど、さすがに驚きましたよ」

だがもっと驚いたのは、その夫婦の習慣である。

「奥さん、『寝る前にも化粧するわよ』って言うんですよ。先生も『こいつが化粧してないときの顔を見たことがないな』と。これには呆気に取られました。いったいどんな夫婦生活なんだろうって」

結論から言えば実に仲睦《なかむつ》まじい夫婦であったし、奥さんが常に化粧し続けているという点と、夫婦の「体調管理が完璧」という点を除けば、「普通」の生活であったらしい。

この「完璧」について仰天もののエピソードがある。

作家さんが奥さんをつれて取材旅行に出かけた。

新幹線の切符を買い、階段を上ってホームへ出た。そこで夫婦揃って異変を察知した。

「動悸《どうき》がする」

作家さんが呟いた。

「あなた、息切れしてるわよ」

奥さんが声に出して指摘した。

かと思うと、二人、くるりとホームに背を向け、元来た道を戻ってゆく。

同行した編集者には何が何だかわからない。慌てて追いかけると、

「病院に行く。取材は後日。君は帰りたまえ」

作家さんは真剣な顔で告げ、奥さんと一緒にタクシーに乗って去ってしまった。残された編集者は、ただ呆然と見送るほかなかった。

その日の検査で、なんときわめて小さな腫瘍《しゅよう》の存在が発覚した。

医者も唖然となるほどの超早期発見だったという。二日間の入院で腫瘍は摘出され、さらに数日後には、何ごともなかったかのように再び夫婦で取材旅行に赴いた。

ほんまかいな、と言いたくなるが、見舞いに行った編集者たちなど証言者の多さから事実と認めるしかない。

夫婦の習慣の強固さは、二人同時に築くことで生まれる。

朝、作家さんが目覚めても、奥さんが化粧を施している最中だと察すると、終わるまでベッドから出ない、といったように。

かといって互いの素顔を隠して生活するといった不毛さとは縁遠く、おそろしいほど完璧な体調管理が夫婦の両方に対して行われていた。

そして、そのようにして築かれた習慣の強固さが最も発揮されたのは、一方が欠けたときであった。

「まだ五十代ですよ。奥さんのほうが発症したんです。アルツハイマーを。これはかりは早期に異変を察しても、当時の医療技術じゃどうしようもありませんでした」

夫婦もそう思ったのだろう。奥さんの記憶や意識が徐々に削り取られてゆく悲劇を甘んじて受け入れた。

その上で、彼らが築いた習慣を続けることを選んだのである。

「あの方は、自分の顔で練習したんですよ。お化粧の仕方を」

もちろんこれは作家さんのことだ。

それは奥さんの願いでもあった。奥さんが自分に化粧を施すことができなくなったときのため、夫の側が全てを把握することにしたのだ。

奥さんが好む化粧道具のブランドから行きつけの店、参考にする雑誌をはじめ、塗り方の独自の工夫まで。一つ一つをノートに書き、実際に自分の顔で研究した。

五十代の男が真剣に己の顔にチークを施し、口紅を塗る。

「そりゃどう見たって滑稽ですよ。『どうだ今回の化粧は』なんて見せられるわけですから。私も笑うし、先生も笑う。でも、そんな先生の真剣さにね、良いなあって思わされました。自分もこんな夫婦でありたいと本気で思わされましたよ」

数年かけて奥さんの精神は砕けていった。

とりわけ肉体が健康な時期に深刻化するアルツハイマーの過酷さは筆舌に尽くしがたい。だがその作家さんは、三百六十五日、日に何度も、奥さんに化粧を施し、そして優しく話しかけ続けた。

「お前の化粧の取れた顔を初めて見たよ。可愛《かわい》いじゃないか」

「化粧って大変だ。三十年もこんなことを続けてくれてたんだな。ありがとうな」

「これ、買ってきたんだ。お前の好きなブランドの新製品だよ」

「近頃は化粧が楽しくてな。元気になったら俺にもしてくれよ」

だが、奥さんが本当の意味で「元気」になることはなかった。担当編集者いわく、

「凄《すさ》まじいとしか言いようのない愛情」

がそこにあった。二人にとって、化粧こそ病魔に屈しない証《あかし》だった。

七年後、その日々も終わりを迎えた。

脳の腫瘍が原因で奥さんは息を引き取った。臨終ののち、遺体を棺《ひつぎ》に入れる際、作家さんが最後の化粧を施した。葬儀業者が感嘆するほどの出来映えだった。

作家さんは丹念に口紅を塗り終えると、

「おやすみ」

とささやいた。

その様子に、慈愛とはこういうものだと葬儀業者のほうが感銘を受けたという。

話を聞く私も、永《なが》の眠りにつく伴侶に、思いの丈を込めて化粧を施す男の姿を想像し、思わず涙がにじんだ。

二十五メートル

仕事でお付き合いのあるバンドの年末ライブに招待していただいた。つい甘えて打ち上げにお邪魔したところ、またぞろバンドメンバーから印象深い話を聞かせていただいた。

「あ、泣けるかどうかわからないですが、こういう話ありますよ」

だしぬけに彼は言った。「音楽と十円ハゲ」の話を聞かせてくれた彼である。このときも、私が文章にすることを快諾してくれた上で、

「俺のギターの弾き方のことなんですけど」

というエピソードを話してくれた。

「俺の弾き方って、おおざっぱに二通りあって。一つがこう、リズムを取りながら弾くやつ。これは尊敬するアーティストからヒントをもらったんです。それでもう一つが、縦に体を動かして――」

ライブ直後で疲れているはずなのに、その場で実演してみせる。

作家にはまず縁のない動作なので、具体的に描写することがなかなか難しいのだが、思わず見ているこちらの体も動きそうになった。

人を「乗せる」パフォーマンスは、こういうものか、と感心した。

「こっちの動きは、俺が以前付き人やってたバンドの、ギタリストだった人の動きなんです。といっても実際に見たのは、たった一回だけなんですけど」

付き人時代、彼がバンドのいろはを教わったギタリストだった。

だがメンバーの中でもあまり目立つことのない人で、

「上手いのになんでだろう？」

と彼もずっと思っていた。

理由は他のメンバーとの不和だったのだと後で知った。集団作業には必ずあるたぐいのもので、誰を責めるべきものでもない。そのギタリストも、メンバーに合わせようと自分を抑え続けていたのだろう。

そして、爆発した。

あるときライブが始まる直前、ギタリストが急に彼を呼んだ。そして真面目な顔でこう口にした。

「今日の俺を見ておけよ」

ぶっとんだ。

ステージに上がったそのギタリストは、まるで人が変わったように見えた。技術があるのは当然だしわかっていたが、何しろその動きに度肝を抜かれた。まさに「乗せる」パフォーマンスだった。

「こんなにカッコイイ人だったんだ」

舞台袖で見ている彼は猛烈に感動した。そのとき見せてもらった弾き方が、のちに彼が身につけた演奏時の動きのおおもとになった。

そのライブを最後に、ギタリストはバンドから離れた。ついでに国も去った。イギリスへ行ったと噂で聞いたまま、彼とは再会していない。

全てのパフォーマーにとって、「見ておけよ」とは、「お前にやるよ」という言葉に等しい。「使えるなら使ってみろ」という自信のあらわれでもあるし、「自分にはそれしか誰かに残せるものがない」という切実さでもある。

そうした全部の気持ちを受け取って、彼は一度見たきりの先輩の動きを、自分の血肉にした。

「ね、良い話でしょ！」

にっこり彼が笑ったとき、彼らのバンドの所属先の社長が、わざわざ挨拶しに隣に来て下さった。ライブが成功して満面の笑みなのだが、同時になぜか目元が涙で濡れていた。

「どうしたの」

彼がびっくりして訊くと、

「謝られちゃって、ショックでさ」

社長は言った。ライブに参加した二組のダンサーのうち、一組を束ねていた人のことだった。その人は社長の親友でもあった。だが親友自身、

「もう一組の技術力についていけない」

ということを痛感していた。どれだけ頑張っても差が開く。悲しさのあまり社長に、

「ごめんなさい」

と告げ、泣きながら打ち上げの場からも立ち去った。

「だったら自分だけの武器を死ぬ気で探せよ」

即座に彼が言った。

「そんなの誰だって明日は我が身だよ。みんなそうなるかもしれないって思いながらやってんじゃん」

その気持ちは、私にも痛いほどわかる。私も以前、若い子から、

「親が病気なんです。喜ばせてあげたいんです」

と言われ、その子の原稿を出版するための助力を請われたことがある。

だが悲しくても優しくすることは無理だ。

「あなたに力がないのが悪いんだよ。喜ばせる方法は他で見つけなさい」

言ったほうも言われたほうも傷つく。だがそう言うしかなかった。

「……うん。たとえ二十五メートルを一緒に歩いても、そうなるかもしれないんだよね」

社長も大きなものを飲み込んだように吐息混じりに言った。

「二十五メートル」とは、某アリーナと、隣の公園との距離のことだという。

彼らが路上で歌っていた頃、公園でライブを行った。ギャラも雀《すずめ》の涙だ。アリーナまでたった二十五メートル。なのに、

「どれだけ遠いんだ」

そう思いながら進み続けた。

途上、様々な出会いを得た。多くの仲間と、その公園で知り合った。

そして、言葉に尽くせぬ苦楽を共にしながら、彼らが二十五メートルを渡りきったとき、出会った人々の多くが去っていた。

念願を果たして数年ほど、当時の気持ちを忘れないため、残った面々だけでときおり公園を訪れ、二十五メートルを実際に歩いたのだという。

だが今は、それもしていない。次に進むべき新たな二十五メートルが見えているから

だろう。

次は自分が挫折する番かもしれない、そう思いながら前を見つめ、力強く歩み続ける彼らと、歩むことを試みた全ての人に、エールを送りたい。

心臓の音

健康の大切さは、万人に共感されるネタの一つだ。

体の不調を避けることを、仕事の一部ととらえる人も多い。同時にそれは、実際に病を得たときの精神的ショックの大きさも物語っている。

先日ある現場で、まさに病を背負って活躍する人から話を聞かせていただいた。

「なんで俺なんだよって、とにかくそのことしか考えられない時期がありましたね」

彼は言った。優れたデザイナーとして将来を嘱望されてきたし、今も最前線でプロジェクトを背負う人物である。

だが二十代にして、体に巨大な重荷を背負うことになった。

「いきなり仕事場で気を失って、気づいたら救急車の中ですよ。疲れすぎだな、なんて気楽に思ってたんですがね。入院二日目に、心臓に原因があるって医者に言われまして。咄嗟に何を言われているのか全然ぴんときませんでした」

だがそれは、彼の心に深い打撃をもたらすほどの疾患だった。

これから一生、慢性的な症状と闘わねばならず、最大限の努力をしたとしても二度と元の体には戻らないどころか、命まで危うい可能性すらあった。

「荒れましたねえ。どんどん心を削り取られる感じでした。上手く自分の体と付き合わなきゃいけないのに、体に対する憎しみばっかり膨らんでしまうんです」

その憎しみがピークに達したのは、左目が失明した瞬間だ。

絵とデザインを生涯の生業《なりわい》と決めた自分から光が失われる。あらゆる希望を根こそぎにする衝撃だった。

「さっさと死んでやる」

そういう思いに支配され、健康を維持する努力を全て放棄した。

描きたい絵をひたすら描く。そんな鬼気迫る精神が生み出す絵は、確かに目を惹《ひ》くし評価もされる。だが仕事を共にする戦友たちは彼を諌《いさ》め、宥《なだ》めようとした。

「病気に負けるな」

そう叱る仲間もいた。だが彼の心にあるのは自分の肉体への憎しみ、人生を奪われたという怒りだった。

そんなとき、彼の母親が癌で亡くなった。

父はずっと以前に逝去していた。兄弟姉妹はいない。

天涯孤独という思いが、ますます彼を孤独にした。

「何かがぷつんと切れた感じでした。宙を漂う風船みたいというか。失望することが日常になったんでしょうね」

そのためかえって外見上は穏やかになった。自分の体のことを誰かに言及されても怒りが湧かない。

「お前も病気になってみろ」

そんな思いも消えた。

何もかも諦めたような態度をとる彼のことを、仲間たちはいっそう心配した。だが誰もどうしたらいいかわからない。日に日に仲間たちとの接触すら希薄になっていった。

やがて仕事が一段落し、母親の遺品の整理に取りかかった。

同時に自分の持ち物も整理した。明らかに自分が死ぬ準備をしている様子を、どこか遠いところから眺めている気分だった。

そうするうち、母親が使っていた箪笥《たんす》の引き出しでカセットテープを見つけた。タグシールには一言、「保存」と書かれてある。

興味が湧いて、古いウォークマンを探し出して聴いてみた。中身はノイズの塊のような音だった。

びっくりしてイヤホンを外し、テープが古すぎて機械が読み取れないのだと勝手に解釈した。

そんな出来事を、ぽろっと仕事場で口にした。

たちまち同僚をはじめ社長まで協力し、仕事づきあいのある音楽家にテープの中身を再現してもらおうということになった。

みんな彼のために何かをしてあげたがった。彼自身はひどく無感情にその協力を受け入れた。すぐにテープを持って音楽家のスタジオにお邪魔した。

音楽家はノイズの塊のような音を聴くなり、不思議そうな顔で、

「これが何か、本当にわからないの？」

と言った。

彼も同僚たちもきょとんとなった。音楽家は、にんまり笑って、

「時間ちょうだい。上手く音を抜き出してみるから」

そう言ったきり音の正体は教えてくれなかった。

さすがに彼も興味が湧いたし、同僚たちもあれこれ推測した。

待つこと数日、音楽家から社長に電話が来た。

「できたよ」

その一言で全員がスタジオに向かった。

音楽家は、にやにやしながらみなをスピーカーの前に座らせ、「抜き出した音」を再生した。

トクン、トクン、トクン、トクン……。

軽やかに楽器を打ち鳴らすかのような、柔らかで力強い音だった。

彼が母親のおなかの中にいたときの、彼自身の心臓の音だ。

ノイズの塊のような音は、母親から胎児に流れ込む血の音だと音楽家が説明した。

途端に、わっと同僚の一人が泣き出し、音楽家をぎょっとさせた。社長も顔を伏せて涙を堪《こら》えている。彼も、気づけば泣いていた。

「本当に突然、感情が戻ってきたことが実感されたんです。ああ、人間の体って音の塊なんだ、びっくりするくらい騒がしいんだ。死ぬってことは、この音が全部消えてなくなるってことなんだ。そんなの嫌だ。こんな風に命を与えてくれたお袋に申し訳ない。与えられた命の音を裏切りたくない」

そんな思いがぐるぐる駆け巡って止まらなかった。

「俺は今、生きている」

以来、その思いが彼の心の真ん中に居座った。

それこそ生きる意志そのものだった。必死に健康を維持する努力は、相変わらず苦痛だったが、怒りや憎しみを抱くことはなくなった。

「今この瞬間も、俺の心臓は音を立ててくれている。どんなに苦しくても、その音を自分から止めるような真似はしちゃいけない。そんな当たり前のことに気づくのに、ずいぶん時間がかかりました」

現場のエースとして活躍する彼が、照れくさそうに告げたその言葉に、熱い鼓動が満ちている気がした。

二〇一一年三月十一日について

このコラムの雑誌連載中に、東日本大震災が起こった。

福島県に住居を兼ねた仕事場がある私は、もろにその影響を受けた。生活の面でも、執筆の面でも。

コラムの内容は、変わらず誰かから聞いた話であったが、しばしばあらゆるものごとを震災に結びつけて考えるようになっていたのである。

それはある種、不思議な体験でもあった。誰かが過去に心の和解を得た瞬間を書くことで、あたかも自分までもが同じく和解を得るようだった。

実のところ、この連作コラムは、十回目を迎えた辺りで深刻な「ネタ不足」に陥り、以後は〆切りが近づくたびに周囲の人に何か話してくれと懇願するという、苦しい状態になってしまった。

その苦しさは回を重ねるごとにしんどくなっていったし、いい加減、もう終わらせようと思ったこともしょっちゅうである。

震災ののちも苦しさは変わらなかったが、しかしこのコラムの執筆が、明らかに自分を安心させ、激しい怒りを鎮めてくれるようになっていたのだった。

今でもその思いは変わらず、震災後に書かせていただいた全てのエピソードが、震災の衝撃に耐え、冷静さを保つ自分を、作り上げてくれたのだと信じている。

ノブレス・オブリージュ

しばらく前、嘘みたいな話を聞いた。

何度目かのスマトラ島の津波のニュースが報じられた頃のことだ。もう七年も一緒に仕事をしているプロデューサーがその話題を出した。

「友達があの国のために義援金を集める組織を作ったんですよ」

と言う。そして、ちょっと複雑な表情でこう続けた。

「もともと現地の募金組織があったんですよ。でも全然関係ないその友達が、いきなり『役に立たない』とクレームをつけて、その組織を潰しちゃったんです」

代わりに彼が団体を立ち上げたのだそうで、さすがに呆気にとられた。

援助するならわかるが、潰して新しいものを作るというのは初めて聞いた。

いったいどういう人なのか、と訊くと、

「トレーダーをやってる日本人の男でして。学生時代、ドイツに留学して、ひどい貧乏生活をしてましてね。でもあるとき突然、お金持ちになっちゃったんです」

きっかけは下宿先の火事だという。

電気配線のショートで出火。その彼もふくめ死者はなかったが、彼は足に火傷《やけど》を負って入院。パスポートも学生証も焼かれ、焦げた家具や自転車に至るまで全て大家に処分されてしまった。

大使館に問い合わせて何とか身分証を確保したが、金も住み処《か》もない。そのため快癒しても、何かと理由をつけて入院し続けた。

入院費は保険で賄い、なんと、三ヶ月も居座ったらしい。

それだけ、金を工面するのに四苦八苦だった。その間、もう半年も入院しているというドイツ人の老人とベッドが隣になり、仲良くなった。

矍鑠《かくしやく》として品のある老人だが、見舞いに来る親族はなく、人に助けを求めない性格で、じっと我慢していることが多かった。

見かねた彼がしょっちゅう看護師を呼んだため、病院からは孫だと勘違いされた。

ようやく退院してからも、彼は大学に通う傍ら、頻繁に老人を見舞った。老人を心配すると同時に、その話を聞きたかったからだ。

「貧者救済で有名なマザー・テレサは、いったい何に優れていたと思う?」

あるとき老人が訊いた。

「弱者への愛か？　愛だけで人は救えない」

——じゃ、なんですか、と彼が訊くと、老人は言った。

「経営能力だ。彼女はビル・ゲイツも真っ青の経営者であり、育成者であり、発明家だった。奉仕活動を始めたとき、まず彼女は街を観察した。そして商売を思いついた。カルカッタの街に落ちている木の実の繊維を枕や蒲団につめて売った。これが大ヒットし、彼女はその『商売』を貧者に与えた。関心を払われず無気力だった貧者たちを、『必要とされ、働く意欲を持った人々』に変えたのだ。これぞ、救済だ」

他にもEU統合の裏話から最近の映画の評まで、老人の話題は驚くほど幅広く、どの話も彼には「目から鱗《うろこ》」だった。

中でも感動したのは、老人の言う「高貴なる者の義務」だ。

かつて戦中戦後の風雲児である白洲次郎《しらすじろう》が日本に伝えた、イギリスの「ノブレス・オブリージュ（ロイヤル・デューティ）」と同じである。

昔の王族は国家繁栄と貧者救済を同じものと考えた。どちらも愛ではなく、責務だった。その「魂」を、今の世界は規範とすべきだ。そう断言する老人を、彼は単純に、「めちゃくちゃカッコイイ」と思ったという。

しばらくして老人の病が悪化し、別の病院に移ることになった。

彼は移送される老人に付き添い、その別れ際、

「今までありがとう。君に私の少ない財産を譲りたい」

と、宝石箱に入った古い勲章を、老人から渡された。

過去の戦争の時の勲章だろう。彼はそう思い、大切にすると約束した。

その後、遠く離れた街にいる老人に会うため、旅費を貯《た》めた。

大学の卒論にもめどがつき、「そろそろ会いに行ける」と葉書を出した。

だがその返事は、訃報となって届いた。老人は最後の手術を拒み、意識を保ちながら天に召された。

そう手紙で伝えてくれたのは、老人が雇ったという弁護士である。

彼は肉親が死んだかのように泣いた。同封された遺産相続の書類にも、老人が望むならとサインをして返送した。

きっと、古い勲章が他にもあるのだろう。日本人が受け取るというのは妙な縁だが、老人が生きた証を大事にしてやりたかった。

その後、確かに、いくつかの古い勲章が彼のものになった。なんと、

「ハプスブルク家の末裔《まつえい》たることを証明する品々」

である。

別れ際に渡された勲章も同様だった。

唖然となる彼の預金通帳には巨額の金が振り込まれた。かつてオーストリアを支配し

た王家の血を継ぐ老人の遺産だ。

いったいなぜ、そんな人物が一般の病院に入院していたのか。

古い歴史に過ぎないロイヤリティのしがらみを遠ざけ、一市民として生をまっとうしたかったからだ、と弁護士が教えてくれた。

彼は経緯を日本にいる母に伝えた。父は彼が幼い頃に亡くなり、女手一つで三人兄弟を育ててくれた母だった。

「お金の心配はいらないみたい」

夢でも見ている気分で告げた。

母も金額を聞いて、はじめは冗談ごとのように茶化していたが、やがて電話の向こうで泣き始めた。

貧乏学生から一転して資産家になった彼は、ベンチャー企業の経営を経てトレーダーに転向する傍ら、義援組織を作った。老人から学んだ、「高貴なる者の義務」を、彼なりに実行したわけだ。

しかし同時に、老人が語ってくれたことを忘れてはいなかった。

「あるとき世界的な義援機構が作られ、マザー・テレサが招かれた。各国の有力者が集う会議で彼女は言った。『あなたたちに今配られたペットボトルのミネラル・ウォーター一本の値段で、一年間、学校に通える子供がいます』と。そしてその場で『不必要な組織は作らないよう』訴えたのだ」

と老人は言った。

現代でも寄付金は九割方、支援組織の人件費で消える。現地にとって有用でない組織が一つあるだけで、集めた寄付金が無為になくなるのだという。

そしてつい最近、久しぶりに、彼からプロデューサーに連絡があった。

プロデューサーは、その彼の話を、こう私に教えてくれた。

「彼が言うんですよ。東日本大震災の復興費用は五十兆円以上だと。絶望的な金額だよ、と私が言うとですね、『マザーなら集めた』って言い切るんです。『費用が投資として働けば復興特需が起こる。為替《かわせ》を見ろ、震災で儲《もう》けてる連中がいる。そいつらが喜んで被災地のために金を出すよう仕向けるんだ』。それで、こいつはもう復興のための組織を作り始めてるってわかって、急に私も元気が出ましてね。負けてられない、私は私の仕事をしなきゃって」

災害の爪痕は長く残るだろう。

だがそのとき私たちは、未来に向かって進み続けた。そう胸を張って子孫に伝えられることこそ、私たちの勲章になる。

そう思わされた話だった。

インドと豆腐

震災から約一ヶ月後、物資流通の回復に伴い、家族を避難先に残したまま福島に戻ったときのことである。

まだガソリン不足のため、乗り合いタクシーもバスも運行せず、新幹線も動かない。飛行機で福島空港に着いたものの、移動手段は市内の一部タクシーのみ。仕方なく高いタクシー代を覚悟していたが、ふいに見知らぬ男性に声をかけられた。

「あの、車があるんですけど、乗りますか?」

そう訊いてきたのは、郡山《こおりやま》に住むという三十代の若い会社経営者だった。

「うち郡山なんで。乗ってって下さいよ、近いんで」

さすがに驚いた。街までかなり距離があるし、他に社員の方が一人いて、荷物を抱えている。なのに車を空港入口まで移動させ、わざわざ私の荷物が載るか試してくれた。

「ばっちり乗れますよ。さ、どうぞ」

相手の気さくな態度に、ついつい甘えて便乗してしまった。

気づけば周囲でも似たような光景が見られた。ガソリン不足のため車を出せる人は限られている。だから自然と声を掛け合い、見知らぬ家族連れをマイカーに迎え入れる。真っ暗な夜の空港で、これほど心温まる光景はない。事実、じわっと胸が熱くなる思いだった。

だが、本当に熱くさせられたのは、途上、男性が聞かせてくれた商売の話のほうだ。

「親父の事業を継いで、温泉宿やホテルの経営をしてるんですけどね。地震でビルの中身が壊れちゃって。親父に報告したら、『ま、仕方ない。銀行さんに返してやんな』の一言です」

つまり、ビルを担保に融資を受けていたが、修復資金がないため、ビルごと銀行に渡すしかないということである。

この、「仕方ない」の一言が実に力強かった。非常事態をあっさり受け入れる。その地に足のついた強さに思わず感嘆したが、話はこれからだった。

お父様は今、どうされてるんですか、と訊くと、男性も社員も急に笑い出し、

「インドに豆腐売りに行ってます」

という。

さすがに呆気にとられた。なにゆえ豆腐か。なんでも、男性の父はバブル期に建設業

を営んで大いに繁盛したものの、バブル崩壊で衰退するや否やさっさと事業に見切りをつけ、副業だったホテル運営を息子である男性に継がせると、いろいろな事業を始めてしまった。

だが長引く不況で上手くいかず、日本という国そのものから出ることを考えるようになる。そしてあるときインド旅行の際に仲良くなったインド人通訳者の、

「日本の豆腐は美味しいね。インド人、みんな大好き」

という言葉に触発され、

「それだ！」

となった。

「もうびっくりですよ。店主が高齢で店をたたんだ豆腐屋があるって、どこかで聞きつけてきてね。その豆腐屋に行って、豆腐作る器械を百万出して買い取って、インドに持ってっちゃった。しかも誰も止めない。『あの人なら大丈夫、何とかするはずだ』って。で、本当に何とかなっちゃう。インドって日本料理屋が流行《はや》ってるらしくて。親父の作る豆腐が評判いいってんで、あちこちの日本料理屋が豆腐を注文して、今はフル稼働ですよ」

聞けば聞くほど痛快な気分にさせられる。

——ところで、お父様は、英語に堪能だったりするの？

私がそう訊くと、果たして男性は大笑いして言った。

「もう全然喋《しゃべ》れません。現地で雇ったインド人に、日本語でマジギレしてますよ。『てめえこの野郎、豆腐はこうやって作るんだ、手ぇ抜いてんじゃねえ！』って。親父だって豆腐なんかそれまで作ったこともないくせにですよ。インド人通訳者なんて、いつの間にか共同事業主にされちゃってるし。こないだなんて、うちのホテルの料理長を、勝手にインドにつれてっちゃったんですよ。豆腐は成功したから、今度はラーメン屋をやるんだって。おいおい、うちの仕事どうしてくれるんだって文句言っても、もう料理長がね、やる気満々なんですよ。『あの人が呼んでくれたんだから頑張らないと』って。給料払ってんの俺だぞって言っても駄目。親父のほうを選んじゃう。そのくせ親父、『ここ任せるから。俺は少し休む』って言って、その料理長を一人でインドに置き去りにして自分だけ日本に戻ってきちゃった」

気づけば私も膝を叩き、大笑いしながら聞いていた。男性もますます楽しげに続けてくれた。

「昔からそういう親父でね。近所の人間は口を揃えて言うわけですよ。『あの人がいればなんとかなる』って。昔、郡山で洪水があって、うちも浸水したんですけどね。そのとき親父、ボート屋からモーターボート持ってこさせて、ぶっとばしてましたよ。ボートに土嚢《どのう》積んで運んだり、安否確認したりして。何するかわかんない人だけど、みんな安心しちゃうんです。『あの人がいれば、大丈夫』って。今回の震災でも、結局、親父の言う通りにしちゃってますよ」

こうして次々に楽しい話を聞かせてもらううち、車は郡山駅に到着した。

名刺を交換しつつ、

「頑張って下さい」

と励まし合いながら別れた。

駅に行き、最終列車に乗り込んだ。灯りの少ない暗闇を電車が進む間、「あの人がいればなんとかなる」という言葉が何度もよみがえった。

再起や挑戦などと大上段に構える必要はないのだと言われた気がした。

ただ生きてゆく。力の限り、楽しく嬉しく生きてゆく。

それだけのことなのだ。

普段は使わないローカル線の電車に揺られながら、そう思って、目頭が熱くなった。

盟友トルコ

震災から二ヶ月が過ぎた。

しばしば怒りの塊になっている自分に気づき、心を宥《なだ》めることに必死になる。

怒りは、理不尽な衝撃に対抗するための心の働きだ。怒りのエネルギーが正しく働くことで復興への底力になる。だが最近はニュースなどを見ても人間同士で怒りを消費していることが多い。

人災、人災と言うが、いっときの批判や非難にエネルギーを注ぐあまり、黙して行うべきことを疎《おろそ》かにするほうがよっぽど人災だ。そう思ってはいるものの、怒りの種は絶えない。組織の都合で届かない義援金、後手後手の政府の対応、自治体同士の横のつながりの鈍さ、毎日のようにあらわになる東電の嘘。

復興を助けるために抱いていたはずのエネルギーが、人間への憎しみに変わってしまうことが辛い。

取材を受けるたびにそう漏らしていた私へ、あるとき北海道の記者の方が、

「同じ話をトルコ人から聞いたことがあります」

と言った。

急にトルコ人の話題になって戸惑う私に、記者の方は妙に合点した様子で話を続けた。

「北海道の観光業の取材で、日本と交流の深い外国のリストを見たことがありましてね。その中でトルコが目立つんですよ。実際、トルコって親日国家じゃないですか。なんでそうなのか、少し調べてみたんです」

日本とトルコの「民族の絆《きずな》」は明治時代にさかのぼる。

明治十九（一八八六）年、ノルマントン号事件が起こった。

イギリスの貨物船ノルマントン号が現在の和歌山県串本町《くしもと》沖で沈没し、西洋人乗組員は全員救助されたにもかかわらず、日本人乗客二十五名全員が見殺しにされた事件である。

その僅《わず》か四年後、トルコの使節団を乗せて日本の横浜から出港した軍艦エルトゥールル号が、同じ和歌山県の串本町沖で台風の直撃を受けて難破した。

絶望的な状況に陥ったエルトゥールル号を救助したのは、近くの村民たちだったという。彼らは荒れ狂う海へと次々に船を出し、途方もない危険を冒して六十九人のトルコ人を救助した。

「トルコの歴史の教科書にね、載ってるんですよ。彼らにとっては歴史的な事件なんです。イギリスの船に見捨てられたばかりの日本人は、それでも外国人全員を恨むことなく、災害に遭ったトルコ人の救助に尽力してくれたってね。そのことが本当にトルコ国民の間で浸透しているんだってことが、現代でも証明されたんですよ」

そしてエルトゥールル号遭難から九十五年後の、一九八五年三月十七日。

イラクのサダム・フセイン大統領が、イランと戦争中のため、イラン領内を飛行する機体をことごとく撃墜することを宣言した。

撃墜開始まで、期限はなんと僅か四十八時間。

イランの首都テヘランへの攻撃も秒読みとなる中、日本政府はＪＡＬに、テヘランにいる日本人を救助するよう要請したが、当時のＪＡＬは拒否した。

日本の航空会社はイランへの就航はなく、各国の航空会社はそれぞれ自国民の輸送を優先して日本人を乗せることを拒んだ。

絶望的な状況に陥った日本人たちであったが、そこへ救助の手を差し出したのが、トルコ航空だった。

トルコ政府が、自国の機体をイランへ飛ばすことを日本政府に通達したのである。撃墜される危険を冒してトルコ人パイロットが飛ばした機体は、二百名余の日本人を無事テヘランから脱出させた。

そのパイロットがトルコ領空内に入ったときに告げた、

「Welcome to Turkey（ようこそトルコへ）」

という一言は、日本人乗客の心に強く刻み込まれた。

さらにその十四年後の、一九九九年八月十七日。

トルコをマグニチュード7強の地震が襲った。

死者一万五千人超、行方不明者約三万人の大被害に遭ったトルコへ、多数の日本人ビジネスマンが誰から要請されることもなく、次々に支援を開始していた。

彼らの多くが、

「Welcome to Turkey」

という言葉をその耳で聞いたビジネスマンや銀行マンたち、あるいはその部下や家族たち関係者だった。日本政府も自衛隊をはじめとしてトルコを支援し、日本の協力で再建された現地の消防施設では、今もトルコ人の手で自国の旗と日の丸が同時に掲げられているという。

「で、それからさらに十二年後の、二〇一一年三月十一日。東日本を大震災が襲うわけです。トルコ政府は百億円の支援金を決め、トルコ航空も日本のために特別支援運賃を設定、震災から僅か数日でトルコ隊三十二名が日本に派遣されました。日本政府からの支援要請は、僕が知る限り、全くありません。まるで日本もトルコも、お互いに危機が訪れれば必ず助けに行く約束でもしているかのようです」

エルトゥールル号事件から百二十一年後の二〇一一年も、その無言の約束は生き続けていた。

だがなぜ、それほどの強固な絆が生まれたのだろうか。そして、今の世に保たれ続けたのだろうか。

「なんと言うか、『近くの親類より、遠くの他人』とでも言うんでしょうかね」

記者の方が、そんなふうに説明してくれた。

「本来は助け合わなくちゃいけない近くの人ほど、怒りの対象にもされやすいんでしょう。トルコだって周囲は民族紛争の嵐ですし。復興のためのはずだった力が、憎しみに変わってしまう悲しさを沢山味わってるはずです。だからきっと、純粋に感謝できる相手が遠くにいることが、何よりの救いになるんじゃないでしょうか。あの人たちとは必ず助け合える。そう信じられることが心の支えになる。だから、どんな時代になっても助けるんだなって。そう思ったんです」

感謝が憎しみを消す。そして、怒りを、本来の正しい姿に戻してくれる。

そう信じさせてくれる話を聞いて久々に泣いた。

話をしてくれた記者と、百年の盟友であるトルコに感謝である。

空へ

先日、ふた振りの刀が宅配便で送られてきた。

しばらく前に亡くなった祖父の形見で、時代小説の資料になるだろう、と親戚が譲ってくれた、戦中の品だ。

祖父の功績を物語るものの一つでもある。戦後、武器を没収された家は多かったそうだが、特別に所持を黙認されていたのだという。

祖父母の家は代々、医者が多かった。

私が生まれた岐阜にいる親戚は、基本的に医者だらけである。その中で、祖父は少々変わり者だったらしい。幼い頃から医者になるよう勧められていたにもかかわらず、なんと飛行機のパイロットになってしまった。

「子供の頃、家族や友人と山に登ったんだ」

いつだったか、祖父の口から、彼の夢の始まりを聞かせてもらったことがある。

「頂上に辿り着いて、『山を征服してやった』などと子供らしくみなではしゃいでいたところへ、頭の上から、いきなりエンジンの音が響いてきたのさ」

見上げれば、当時の最新鋭の機体が、山の頂上よりもさらに遥か高みの紺碧《こんぺき》の空を、美しく舞っていた。

子供たちはさらにはしゃいで機体に向かって両手を振った。すると機体が旋回し、

「手を伸ばせば届くんじゃないか」

というところまで近づいてきてくれたという。

そしてそのときコクピットの中のパイロットが、子供だった祖父たちに向かって親指を立てて挨拶してみせた。その飛行機もパイロットも、

「抜群に、しびれるほど格好良かった」

という一事が、祖父の生涯の道に決定的な影響を与えた。

以来、祖父は周囲が勧める医者の道を忘れ、パイロットへの道を真っ直ぐに進んだ。そしてその青年期、まさに戦争前夜となった時代の波濤《はとう》を前にしても、決意は変わらなかった。

パイロットになれば戦線に送り出されることになるぞ。そう言って周囲は止めた。だが祖父はむしろ誰にも負けぬほど腕を磨き、少年期に抱いた夢を実現した。

「空へ行くことが目的だった。パイロット仲間みんな同じ思いでいた。たまたま戦争が

あったってだけのことで、夢を棄《す》てるなんて選択はしたくはなかったさ」

祖父はそう語った。

結果的に、鍛えに鍛えた祖父の腕前が、戦線から祖父を遠ざけた。

教官として若手の育成を命じられたからだ。当時、どんな思いで若手に空への道を教えていたか、祖父は語らなかった。

教えた人間が次々に遠い戦地で命を終えてゆく。むしろ死なせるために教えることだってある。

私の前で、ついに祖父は「特攻隊」という単語を一度も口にしなかった。

それほど強いタブーだったのだと以前は理解していたが、今では、それが祖父の意志だったからだとわかる。

「仲間がどう死んだかに興味は湧かない。最期の瞬間、どう生きようとしていたのかが知りたい」

そう祖父は言った。

空への思い。それをみな、最期まで抱いていたはずだ。それこそ祖父の、仲間に対するいわば信頼であり、誓いでもあった。

仲間がいなくなる一方、祖父は国内でおそろしく危険な仕事をこなした。

テストパイロットである。最新の機体のテストと言えば聞こえが良いが、戦争末期の

機体である、中には、

「墜《お》ちないための最低限の装備しかない」

というしろものもあり、むしろ、

「墜ちるために飛んだ」

ということもあった。

しかも軟着陸を前提にしながら、なるべく機体を無事に工場へ戻さねばならない。墜ちる原因を究明しなければならないからだ。

川に、道路に、田んぼのど真ん中に軟着陸する。

「三途《さんず》の川の岸辺を飛び続けた」

という日々も、やがて終戦を迎えるとともに終わった。

戦後、日本人は一時期、飛行機を飛ばすことを封じられた。

だが祖父は空への道が閉ざされたとは思わなかった。そんなふうに思うこと自体、何か大切なものへの冒瀆《ぼうとく》だと信じた。

そして、終戦が宣言された直後、なんと英語を一から学び直した。

「右は、ライト。左は、レフト」

妻と一緒に、朝から晩まで英語の学習に打ち込んだ。その腕前と語学力の確かなことを示し続け、やがて見事、空への道が再び開かれた。

「戦後初の日本人テストパイロット」

それが、祖父の生涯最高の勲章となった。

以後、祖父は空から戦後日本を見届けた。国産T－33Aの二百十機全機をテストし、ヘリコプターや哨戒機《しょうかいき》の試作初号機も担当した。

退職後は、観光ヘリや山岳救助ヘリを飛ばし、いつしか私が知る、

「カメラが大好きな気の短い老人」

になった。

晩年はリウマチで苦しむ祖母の介護に努め、祖母が亡くなって間もなく、自身も他界した。

葬儀の場では、長男である伯父が、

「無事、三途の川の向こうの空へ、母を追いかけて飛び立ちました」

と告げた。

今、私のもとに届いた形見の刀の柄《つか》を見ると、「空へ」の二文字が刻まれている。

震災を経験し、やっと、その祖父の思いが理解できた気がする。

死者の無念を背負うのではない。

彼らが抱いた夢を、彼らの分まで諦めず追い続けるべきであるのだと。

「たまたま戦争や災害があったからといって、誰も負けてはならない」

そんなエールを送られた気がして、思わず涙ぐんだ。

地球生まれのあなたへ

一時期、『天地明察』という二十数年にわたり星を追い続けた実在の人物の物語を書いたところ、この現代で星を愛好する人々から、お話を伺う機会が増えた。

つい最近も、とある講演後の懇談会で、主催者側の職員の方からこんな話を聞かせていただいた。

「私の郷里の友人なんですがね。自分の名前がついた星があるっていうんですよ。なんでも、スターネーミング・ギフトという、サービスだとか」

とある代理店が、天体観測所と契約を結び、観測する星の名を登録する権利を売買するのだという。

たとえば結婚記念日に、夫婦の名を星の名として登録するむねを代理店に伝える。代理店はその希望を受け、観測所に連絡し、適当な星を選定してもらう。選定された星は以後、その夫婦の名で恒久的に登録されることになるのだという。

選定承認の書類や、具体的にどう観測するとその星が見えるか、手引き書も送られるという。

もちろん学術上の名前ではなく、あくまで一部の観測所での呼称に過ぎない。星が、自分のものになるわけではない。

肉眼で観測できる数万個の星の多くが記号で命名されており、正式名称がないことに目をつけた、いわゆるアイディア・ビジネスだ。

それでも、見上げた星に自分の名がつけられていると思えば、誰だって嬉しくなるのはわかる。

——よっぽどの星好きですね。

私がそう言うと、職員の方が言うには、

「いえいえ。友人の奥さんがね、天体同好会の方でして。友人は、星にはとんと興味のない郵便配達人なんです。その友人の誕生日にね、奥さんがプレゼントしたようなんですよ」

とのことだった。

きっと夫に興味を持って欲しくてプレゼントしたのだろう。

だが友人は星図を見ても自分の名前がついたという星がどこにあるのか、いまいちよくわからなかったらしい。

だから、職員の方が友人から相談され、一緒に星を探してやったのだという。

――奥さんは一緒に探さなかったんですか。

と問うと、ちょっと沈黙があり、やがて、

「震災でね」

短い返答があった。

職員の方の友人が住んでいたのは、津波の直撃を受けた地域だった。奥さんの行方もわからず、自身も避難所で生活しながら、それでも郵便物を配達し続けた。震災当日でも郵便配達網だけは各所で維持されたのは、こういう信じがたい働きぶりをみせた人が多く存在したからだ。

おびただしい数の家屋が破壊され、配達所さえ機能麻痺《まひ》に陥る中、その友人は定年退職間近の年齢にもかかわらず配達に尽力した。

郵便物を受け取った人たちの多くが、それまで気丈に振る舞っていたのが嘘のように泣き崩れたり、感情を剝《む》き出しにした。

葉書や手紙は、震災が起こる前の平和な過去から送られてきていた。そのため、もう過去には戻れないことを、はっきりと告げられたように感じるからだという。

その友人も例外ではなかった。震災から一週間以上経って、ようやく奥さんが、

「戻って来た」

という。むろん生きてではない。遺体が無事に発見されたことを「戻った」と表現してしまうほど、被害者の発見は困難をきわめていた。

それでも友人は気丈に配達を続けたが、あるとき、自分宛ての配達物を受け取った。差出人は奥さんだった。彼の誕生日に贈られた、彼の名を持つ星の承認書である。それを見た途端、張り詰めていた彼の心がぷつんと音を立てて切れた。震災後、初めて大声を上げて泣いた。

灯《あか》りの絶えた町から見上げる夜空は、気づけば満天の星だった。どの星か必死に探したが、星が多すぎてわからない。

なんとか職員の方に連絡を取り、ようやく自分の名を持つ星を見つけた。友人は悲しそうに笑った。

「星になっちゃったやつが、おれに星を贈ってくれるなんてよ」

職員はうなずき、

「お前の星のそばにいるんだから、ずっと一緒だ」

そう言ってやると、友人は黙って涙を流した。

この話を、私はただ平静に聞いていた。震災後、死者の話を聞くことが多すぎて、いつしか身についた平静さだった。

それがにわかに心乱されたのは、星の承認書に添えられたバースデーカードについて

聞いたときだった。カードには、

『お誕生日おめでとう。地球生まれのあなたへ。人が心を持てるのは地球のお陰』

と印刷されていたという。

「星好きらしいでしょう。ただ友人は、地球の片隅が揺れて沢山の人が亡くなったんだ、と言ってましたが」

そう告げる職員の方に、私は咄嗟に、

「そういう意味じゃないと思います」

と返していた。

「というと？」

真顔になる職員の方に、私の想像ですが、と前置きして言った。

「多分、有名なアナグラムです。英語で地球はＥＡＲＴＨでしょう。アルファベットのＨの位置を入れ替えると、ＨＥＡＲＴになるんです。心、ハートに。そういう言葉遊びであることを、きっと旦那さんに話すつもりだったんじゃないでしょうか」

職員の方は目を丸くした。

後日、その方からメールを頂いた。友人にアナグラムを教えたところ、

「奥さんの心がやっと届いた」

と喜んでくれたという。

真実、そういう意味合いのメッセージであったかは、わからない。

だが死者が応えないことを嘆くのではなく、生きている私たちが答えを見つける努力をすれば、いずれきっと、心は届く。

そう思わされた出来事だった。

職員の方の友人は今も現地にいる。

星を観測する上で重要なのは、観測地点だからだ。

奥さんの心をたたえた、自分の名を持つ星の存在が、今の彼に生きる希望を与えてくれている。

国境を越える眉毛

講演やテレビ番組の出演は勉強になるが、実のところ苦手意識の克服に何年もかかった。

出演は変身である。本来の自分ではない、別の何かに変貌することになる。執筆とかけ離れたその仕事には、しばしば心が悲鳴を上げたものだ。だがあるとき自然体でいられるようになったきっかけが、「眉毛の話」だった。

とある席で、

「メイクで眉まで描かれました。なんだか自分じゃなくなるみたいです」

そんなふうに私が出演仕事についてぼやいたところ、にわかに担当の女性編集者が、

「何を言うんですか。眉毛は国の違いを乗り越えるんです」

などと力説したのである。

「国？」

その突拍子のなさについ引き込まれた。

「そうです」

彼女は自信満々に言う。そして、彼女がアメリカのオハイオ州で経験したことを話してくれたのだった。

「子供の頃からの夢で、大学生のとき一年だけ留学したんです」

彼女はある工業都市で生まれ育った。

子供たちの親はほぼ全員、同じグループ会社に勤めていた。道行く人誰もが顔見知りだ。そういう場所の温かさに感謝する一方で、いつしか、自分一人だけで生きることへの欲求が芽生えていった。

誰も自分を知らない場所に行く。自分というものを試す。

それが、「海外留学」だった。

両親は猛反対。特に海外経験がない母と大喧嘩になった。

「万一のことがあっても外国になんて行けないと母は言うんです。たとえ私が死んでも遺体を引き取りに行けないと。私は、遺体を搬送してくれるサービスもあることを調べて教えたんですが、逆効果でした」

いかにも反抗期という感じの態度である。とにかく彼女も諦めない。両親に学費を頼らず、交換留学の枠に入るため、猛勉強した。

ついに面接にこぎ着け、念願の夢がかなうはずだったが、結果は、

「面接で落とされたんです」

であった。

ずっと夢見ていたのに道が消えた。人生最初の挫折であり、とても現実と思えなかった。

母に電話し、

「落ちちゃった」

と告げた瞬間、どっと涙が出た。

すると、電話越しに娘の泣き声を聞いていた母が、唐突に言った。

「自費で行くほうでいいじゃない」

猛反対していた母が、ここに来て逆に自分の背中を押してくれた。自分の夢をわかってくれた。それでますます泣いてしまった。

かくして彼女はアメリカに渡った。

母は心労で痩せこけ、娘は元気溌剌《はつらつ》で過ごした。

で、「眉毛」である。

彼女が大学で参加した実習の一つが老人ホームでのボランティアだった。

何しろ一族全員、近所にいる環境で育ったのだ。祖父母をはじめ、老人の扱いは慣れ

ている。そう思っていたが、これが彼女の二度目の挫折となった。

「お前の眉は偽物だ」

というのが、彼女が担当したマデリンお婆《ばあ》ちゃんの最初の一言だ。

病気の治療のせいで眉も髪も抜け落ちたそのお婆ちゃんは、端的に言って、口が悪かった。もしこれが聞き慣れた日本語だったら、

「とても耐えられなかったです」

というほどのスラングの嵐が、次々に浴びせかけられた。

しかもこのお婆ちゃん、彼女の悪口を大学の担当教官にまで吹き込む。優しくしたいだけなのに、強烈な悪意が返ってくる。

アメリカ人の自己主張の強さと、その裏にある「孤独」を理解するには、彼女は若すぎた。ひたすら嫌われているのだと思い、ボランティアを途中で諦めて単位を放棄しようとすら思った。

だが母が背中を押してくれた留学である。諦めてはいけない。あの最低なクソババアであるマデリンお婆ちゃんにも一矢報いたい。

そこで、ふと思いついた。お婆ちゃんの口癖は、

「お前の眉は偽物だ」

であった。

「私にはわかる。お前の顔は偽物だ。髪も目も唇も鼻も、お前の汚い顔を隠すための小細工だ」

とつながり、悪罵のフルコースに発展する。

「よし、眉毛だ」

理屈を通り越してそう確信した。

彼女はルームメイトから化粧道具を借り、マデリンお婆ちゃんと対決した。

「私が本物の眉毛を見せてあげる」

そう告げるや、何度も練習した「眉毛」を、体毛が抜け落ちた相手の目の上に描き込んでやったのだった。

お婆ちゃんはぴたりと黙った。

彼女の作業中、驚いたように目をきょろきょろさせていたが、拒みはしなかった。ほどなくして眉が完成した。お婆ちゃんは鏡を見て、言った。

「下手くそ」

だがお婆ちゃんの悪罵を十五分近くも停止させた彼女は、十分に一矢報いたと信じ、会うたびに眉毛を描き込んでやった。

やがて実習期間が終わり、学友たちは担当教官を通して、担当した老人たちから御礼の手紙を受け取った。

マデリンお婆ちゃんだけ何も送って来なかった。

それで良かった。どうせ悪口だらけの手紙など金輪際読みたくない。

留学期限が来て、彼女は帰国した。

「たった一年で学べることなどたかが知れている」

というのが留学の感想だった。

だが短い期間であっても、得るものがあることを、しばらくして送られてきた一通の手紙が教えてくれた。

手紙は、ボランティア実習で通った老人ホームからのものだった。

中には、ホームの職員が書いた手紙と、一枚の絵が入っていた。お婆ちゃんと女の子が、にこにこ笑って手をつないでいる絵だ。二人とも、滑稽なほど「くっきり」とした眉毛が描かれていた。

職員の手紙で、彼女は、マデリンお婆ちゃんが読み書きのできない人であったことを知った。

手紙を書きたくても書けなかった。だから絵を描いた。

でも送り先の宛名が書けない。

そうこうするうち彼女は帰国してしまった。その後、お婆ちゃんの病が深刻化した際、職員が絵を見つけた。

「マデリンの眉を描いてた、あのボランティアの子だ」

職員はすぐに悟って、大学に問い合わせ、彼女に送ってくれたというわけだった。

そのときにはお婆ちゃんは世を去っていた。彼女は訃報と絵を抱きしめて泣いた。

そしてこの経験が、本当の教訓となった。言葉や習慣の違いを超えて、短い時間であっても、人は通じ合うことができる。お互いの善意を伝え合うことができるのだ、と。

「眉毛は、世界中の人間にありますからね」

彼女は言い、そしてこう付け加えた。

「出演仕事の装いって、わかりやすいじゃないですか。多くの人とわかり合うための、きっかけ作りだと思うんです」

この言葉には、思わず、じんときた。

以来、出演仕事を苦にすることがほとんどなくなった。海の彼方で眠る、見知らぬマデリンお婆ちゃんに、感謝である。

先にいきます

人が大勢すれ違う場所というのは、トラブルの坩堝《るつぼ》だ。

先日、友人の結婚式で久々に級友と語らい、そのうちの一人が、人混みとの格闘の日々を語ってくれた。

「とにかく人は、人とぶつかるようにできてんのね」

そう口にしたのは地下鉄の駅員として働く、私の友人である。

勤続はや十五年。乗客数が極端に多い駅ばかり担当しているという。

「酔っぱらいに窃盗に、痴漢、喧嘩、わけわかんない苦情だらけ。明日も朝から警察で事情聴取だ」

というのも、朝帰りの米兵たちの喧嘩を仲裁したからだという。それも、二メートル近い身長の持ち主たちの「どつきあい」だ。

「俺の頭の上で殴り合ってんの。どっちも背が高すぎて、手が届かねえよ」

という喧嘩を、駅員五人がかりで止め、やっとの思いで警察に引き渡した。

そういう、文字通り「手の届かない」衝突は後を絶たない。たとえば、例の東日本大震災後の節電騒ぎに同調して、

「もっと電気を消せ」

という苦情が山ほど寄せられるや、

「年寄りや障害者のためにエスカレーターを動かせ」

「暗すぎて怖い」

とこれまた苦情が来る。これも、

「多すぎて、お手上げ」

なのだという。

直接・間接を問わず大勢の人がぶつかるのも、電車というものが生活に欠かせないからだ。毎日数千数万という人の行き来を管理する仕事のすごさに、

「よく心が参っちまわないな」

と話を聞いていた仲間たちは同情したものだった。

「それはないな」

友人は、あっさり否定した。

「ぶつかることがあっても、人はトラブルを防ぐようにもできてんだ」

と言い、彼が先輩から見せてもらったという『掲示板の写真』の話をしてくれたのだった。

掲示板といえば、今は情報サイトの一種だが、携帯電話もポケベルもなかった頃は、多くの場合、駅の黒板を意味した。

誰でも使用できる黒板が駅の改札口付近に設置されており、誰でも伝言を書いて残せたし、誰でも消すことができた。

ある朝、友人の先輩が改札に立とうとしたときのことだ。

券売機のそばの掲示板で、嫌なものを見た。

『先にいきます』

と書かれ、その下に、明らかに飛び降り自殺を示唆する落書きがあったのである。

嫌な気分になったが、急いで改札に行かねばならず、後で消そうと決めた。

午前中の勤務を終え、くだんの掲示板へ向かうと、そこで別のものを見た。

先ほどの嫌な落書きのそばに、

『いかないで！』

と書かれている。さらには、別の者が書いたらしい字で、

『待ってます』

とあり、飛び降りる人間を、下で受け止める別の落書きが加えられていた。

「よそでやってくれ」

そう思って先輩は全て消そうとしたが、ふと思いとどまった。

はっきりとした理由はない。ただ、なんとなく消すのがためらわれた。どうせ同僚が消すだろうが、その場は残すことに決めた。

だが昼食後も、落書きはあった。

同僚だけでなく、駅を利用する人々も消そうとしなかったのだ。そして代わりに、落書きが増えていた。

『早まらないで』

『予定を変えて下さい』

『そっちはダメ！』

などと、引きとめるような書き込みがされているかと思えば、

『つかまえた』

『間に合いました』

と手を伸ばして制止する落書きがある。

さらには、下で受け止める落書きに、

『届け』

『準備ＯＫ』

『来い』

と、マットがしかれていたり、下は実はプールだ、といった落書きが描き足されていた。

夕方になってその数はさらに増え、夜に至るまで誰も消さなかった。

五十近い書き込みがびっしり加えられ、中には、

『弁護士です』

『相談所です』

などと電話番号まで書かれていた。

だが、ずっと消さずにいるわけにもいかない。そもそも、最初の一言にしたって、ただのいたずらで書かれたものかもしれないのだ。

終電後、ようやく同僚たちも、

「あれ、消そうか」

と言い始めた。

だが誰も消そうとはせず、仕方なくその先輩が請け負った。

そして、黒板の前に行くと、五十代くらいの背広姿の男が、棒立ちになっているのに出くわした。

男は、『先にいきます』の文字を指さし、

「これを書いた者です」

と告げ、

「どうか消さないで下さい」

泣きながら、その先輩に懇願した。

男は、いわゆる「サラ金地獄」にはまっていたらしい。現在では様々な救済策が講じられているのも、当時、借金苦で命を絶つ者が続出したからだ。

その男も、世を去ろうと思い詰めていた。最後に世の中に別れを告げたくて、言葉を残した。駅の掲示板ならすぐに消せるから迷惑もかからない。

だが、彼の言葉の後に続けられた、おびただしい書き込みを目にして、心を飲み込んでいた絶望がいきなり遠のいた。再び生きる希望を取り戻せるかもしれないと思った。

だから消さないでくれ。そう頼まれても、黒板ごと譲るのも無茶だった。

代わりに先輩は事務所から、流行の「使い捨てカメラ」を取ってきた。

駅で事件があったとき証拠を残しておくためのもので、念入りに黒板を撮影し、翌日現像して無料で渡してやった。

当時の写真代は馬鹿にならなかったが、駅長は、

「経費だ」

と許可を出した。

その間、男は掲示板に書かれた番号に電話し、

「嘘の番号ではありませんでした」

現実的な希望に辿り着いた。

先輩がその男と再び会ったのは、それからなんと十四年後だった。

「掲示板、なくなっちゃったんですね」

先輩に声をかけてきた男は、そのとき、なんとか借金を返し終え、平穏な生活を取り戻していたという。

先輩と男はしばし言葉を交わして別れ、そしてその後、会ってはいないそうだ。

この話を教えてくれた友人は、

「人と人は、ぶつかんなきゃ、そういうことになる。だから駅員の仕事は、人が当たり前にすれ違えるようにすることだ。そうすりゃ、自然と良いことがあるんだって、先輩が教えてくれたんだよ」

そう付け加えて話を締めくくった。

以来、どのような混雑に出くわしても、そこに生まれるはずの善意を信じることで、ずいぶんと苛々せずに済むようになった。ある一人の男の言葉に、多くの言葉を書き加えた、見知らぬ人々の存在のお陰である。

タクシーと指輪

最近、周辺で子供ができたという報告が多い。

もうじき祝いの用意で慌ただしくなる予定で、実にめでたい。たいてい旦那側から、

「実は……」

と改まって告げられるのだが、男どもの照れと困惑と緊張が入り交じった様子というのは、みな不思議なほど似ていて微笑ましい。

ただその中でも、ある人が教えてくれた「指輪の話」は、特に記憶に残ると同時に、子供を持てる幸福を改めて教えてくれるものだった。

「とにかく不思議な経験でした」

と切り出したのは男性の担当さんで、年明けに初めての子供が生まれる予定である。

ただし今までなかなか子供ができず、そういう場合、夫がしばしば経験するように、途方もなく不機嫌になる奥さんに恐怖する日々であった。

「その日も仕事で遅くなりまして。怒ってるだろうなあと思い、せめてものご機嫌取りに、会社の花を一つもらって帰ったんですよ」

彼は言った。本社が新しいビルに移転となり、そのお祝いとして各方面から届けられた花だ。

ホールや各編集部室を飾っていたが、手入れをせねば枯れるだけなので、希望する者は自由に持って帰るよう言われていた。

担当さんが選んだのは鉢に入った名も知らぬ花で、寿命の来た葉が枯れてぱらぱら落ちたが、花の色つやが良いので気にしなかった。

終電もない時間だったためタクシーに乗ったところ、初老の運転手から、

「お祝いですか？」

と訊かれた。

「会社のですが、嫁へのお土産《みやげ》です」

担当さんは答えた。そして、やけに紳士的な受け答えをする運転手に気を許し、不機嫌な奥さんに戦々恐々としていることまで話した。

「奥さんも怖いんでしょうね。自分は子供が産めないんじゃないかっていう不安は、きっと男には一生理解できない怖さなんですよ」

そんなふうに運転手は言った。担当さんもつい納得するような、穏やかで説得力のあ

る口調だったという。

かと思うと運転手が、

「プロポーズしたときのこと、覚えてます？」

ふいに訊いてきた。

「もちろん」

担当さんは言い、とにかく万全を期したものの、ひどく緊張した思い出を語った。

すると運転手は、

「そのときのことを思い出せば、どんなに奥さんが不機嫌でも、可愛く見えてくるはずですよ。ま、中にはそうでもないという方もいらっしゃいますが、私の場合はずっとそうでしたね」

そう言って笑った。

「運転手さんはどんなふうにプロポーズしたんですか？」

興味半分で訊くと、

「指輪を買いましてねえ」

運転手は言った。

「給料三ヶ月分の値段でした。友達に、プロポーズしてみせるって宣言してね。勇気づけですよ。でも、半同棲状態だったくせに、なかなか切り出せませんでね。今日こそと思うたび心臓が破裂しそうになりましたよ」

それでも、やっとの思いで結婚してくれと口にした。

彼女の返答は長い沈黙だった。やがて「考えさせて」と言ったきり、差し出された指輪を受け取りもせず、よそよそしい態度を続けた。

若い男にとっては地獄の沈黙である。そして一昼夜を経て、彼女が告げた答えは、

「ごめんなさい」

であった。

彼にとっては信じがたい衝撃だ。二年以上も仲良く付き合い、週の半分は自分のアパートで一緒に生活してくれた相手だった。

なのに、なぜ。理由がわからず、とにかく混乱した。

その日を境に、彼女は自分のアパートに来なくなった。携帯電話などない時代である。連絡が取れず、彼女が住むアパートに電話しても不在と告げられるだけだった。

悲嘆に暮れた彼は、悲しみを紛らわすことに必死になった。

そしてあるとき、趣味のバイクをぶっとばし、ある河に辿り着くと、

「大泣きしながら河に指輪の入った箱をぶん投げた」

という。彼女に対して抱いた感情の全てが無駄だった。怒りとともにそう思い、彼女を忘れるため、ひたすらバイクを乗り回した。

しばらくして大雨があり、その悪天候の中にも飛び出した。

激しい雨に体を叩きまくられながら走り続けるうち、やがて指輪を捨てた河にさしかかった。

なんと河の水が氾濫《はんらん》していた。それほどの豪雨だったことに、やっと気づいた。水流にタイヤをとられ、慌ててシートから降りた。雨宿りの場所を求めてバイクを押すうち、何かにつまずいて濁流の中にバイクともども倒れ込んだ。

最悪だが涙も出ない。いっそこのまま流されて死んじまおうかと思ったそのとき、濁流に浮かぶものが目に入った。

信じがたいことに、彼が「ぶん投げた」指輪の箱だった。

こんなことがあるのかと目を疑いつつ、急いで手に取った。中身を確かめると、確かに彼女のために買った指輪だ。一度は捨てたそれが、

「何かの意志が働いて戻ってきた」

そう信じたくなる出来事だった。その指輪を見つめながら、

「もう一度、彼女にプロポーズしよう」

改めて勇気を奮い立たせた。ダメならダメで、ちゃんと理由を訊こう。

そう決心し、何キロもずぶ濡れになってバイクを押し、自分のアパートに戻った。

そこでまた、ぎょっとなった。連絡不通だった彼女が、部屋の前に立っていたのであ

る。

　合鍵を持っているはずだが、

「どうしても入れなくて」

　ずっと待っていたという。かと思うと、突然、

「ごめんなさい」

と彼女が謝りだした。部屋に入ろうと言っても聞かない。何が何だかわからない彼に、

「私、子供ができないの」

　ようやく、彼女が理由を告げた。

「ぽかんとなりましたよ。そんなことは考えたこともありませんでしたから。でも、少しずつ理解がつきましてね。彼女、怖かったんだなって。体のことを知られれば、私と別れることになるっていう不安をずっと押し殺してたんです」

　運転手が言った。彼女にとって彼からのプロポーズは喜びであり、同時に恐怖の絶頂だった。だから逃げ出したが、せめて理由を告げねば彼に申し訳ないと思い、戻ってきた。

　その彼女の告白を、

「自分なんかよりも、よっぽどすごい勇気だ」

　心から感動した彼は、その場で改めてプロポーズした。

互いの両親を交えてすったもんだした数ヶ月後、二人は籍を入れた。子供はできなかったが、誰にも負けないくらい幸せな結婚生活だった。

後年、彼女が癌を患った。彼は退職して彼女を看取《みと》った。

しばらく悲しみに暮れたが、彼は幸福な思い出を胸に、彼女の分まで残りの人生を楽しもうと決心し、好きな運転を選んで再就職した。

タクシーから降りた担当さんは、ほとんど涙ぐんでいた。お陰で自分も、奥さんに対する愛情を再確認できた。そう思ったが、不思議な体験はここからだった。

自宅に着き、はたと自分の結婚指輪がないことに気づいたのである。顔を洗うときなど外してポケットに入れる癖があったことから、着ていた服を探したがない。

指輪をなくした夫の恐怖は筆舌に尽くしがたい。なんとか奥さんに気づかれる前に見つけるか、新たに購入し直さねばならなかった。

そんなわけで翌朝、ひたすら左手を隠した不自然な姿勢で奥さんと接し、会議があると嘘をついて早朝から出勤した。

タクシー会社に電話したが忘れ物に指輪はなく、昨夜の帰り道を辿ってもみつからない。

会社の玄関に到着したところで、ふと葉っぱに気づいた。

一見して自分が運んだ鉢植えから落ちたものだとわかった。一つ拾うと、すぐ先にまた葉っぱがある。まるで自分の足跡を辿るように、何枚も拾った。

そして、まだ誰もいない朝の編集部室で、最後の一枚を拾ったとき、葉の下から現れたのは、自分の指輪だった。

何かの意志が働いて戻ってきた。確かにそう信じたくなった。そして実際に信じたのは、その夜、帰宅してからのことだ。

「できちゃった」

だしぬけに奥さんが告げたのである。それまでの不機嫌が嘘のような、実に晴れ晴れした笑顔だった。

担当さんは唖然となりつつ、

「まるであの運転手と亡くなった奥さんが、幸せを分けてくれたような気分になりました」

とのことである。

「もし何かの意志が働いているとしたら、それはきっと、頑張って誰かを幸せにしろって言ってくれてるんでしょうね。それがお前にとっての幸せになるって」

そんな担当さんの言葉には、なんとも微笑ましい気持ちにさせられたものである。

ドッグハウス・カー

「今でもラブラドールを見かけると、思い出して涙が浮かぶことがあります」

そう話してくれたのは、幼稚園の先生をしている女性である。

とにかく子供の能力を伸ばすのが上手いと評判で、クラスの出し物や制作物の発表があると、その先生のクラスだけ画然と出来が良い。

「あの先生に、自分の子の担任になって欲しい」

母親たちはみなそう思ってしまうのだそうだが、親としては自然な感情だろう。

——子供の指導に何か秘訣が？

あるとき興味を持って、彼女にそう訊いてみたことがある。

「一緒にいて安心させてあげることですかね」

というのが答えだった。そして、彼女自身の体験である、「犬小屋ワゴン」の話をしてくれたのだった。

「大学に入学したとき、親の意向もあって、最初の一年は、就職していた兄のアパートに居候しましてね。そのとき実家で飼っていたラブラドールも連れて行ったんです」

彼女が中学生だったときに家にやってきた犬で、名はラブ。

家族でも特に彼女になついて、世話もほとんど彼女がしていたという。

だが兄はこれに反対。そもそもアパートはペット禁止だった。だがラブは老犬で、もうろくに散歩もしないほど衰えており、いつ世を去るかわからない。彼女が実家を去るときも、ひどく寂しそうだった。だから連れて来た。

というわけで、彼女が父のお下がりとして譲られた車の後部座席が、ラブの小屋となった。

当時スズキが生産していたワゴンRの初代で、広さと車高が、「老犬にぴったり」だったという。

必然、通学時も一緒である。授業が終わって戻ると、開けっ放しの窓からぬっとラブが顔を出して出迎えてくれた。彼女の「犬小屋ワゴン」は周囲にも受け入れられ、ラブも楽しく老境を過ごすことができるはずだった。

そこへ震災が来た。

東日本大震災ではない。だが同様に津波が発生し、かなり内陸にあったはずの町が、逆流で氾濫した河に飲まれた。

大勢が命を奪われ、彼女の兄も死んだ。建物の屋根にしがみついたまま溺死した兄の遺体が発見されたが、地面が瓦礫だらけで下ろせず、安置所に搬送されたのは災害から五日後だったという。

兄が住んでいたアパートも全壊した。

彼女はたまたま車で友人宅に遊びに行っていたため命を拾ったが、友人宅も相当の被害を受けていた。

当時の混乱についていては、いまだに上手く言葉にできないという。実家も避難区域に指定され、避難所が不足し、彼女は一時的に行き場を失った。そうして、「犬小屋ワゴン」での寝泊まりを余儀なくされた。

「兄の遺体があると聞いても、怖くて見に行けませんでした。悲しくて寂しくて、どうにかなりそうなほど辛かったですが、でも同時に、とても大切な経験にもなりました」

だがそこでラブに変化が起こった。

歩くのも億劫《おっくう》そうだったのに、突然「しゃきっ」となったのである。

灯りも絶えた壊れた町の一角で、彼女が車で寝る間ずっと警戒を解かず、まるで十歳も若返ったかのように毅然《きぜん》と振る舞った。

これまで以上に彼女の傍にいて寝食をともにしたが、むしろ甘えたのは彼女のほうで、老犬のはずのラブが誰よりも頼もしかった。暗闇で女一人という寂しさからも、兄が死んで自分が生き残ってしまったという罪悪感からも、ラブが救ってくれた。

その一方で、

「こんなことじゃダメだ、しっかりしなければ」

勇気を奮い起こし、それまでどちらかというと引っ込み思案だった彼女が、積極的に炊き出しに参加し、自分よりもっと困っている人たちのために働いた。

すぐに沢山の人から頼りにされるようになったが、そんな経験は初めてだった。

そのときもラブが自分の背中を押してくれたと彼女は信じた。それまで眠っていた彼女の力を目覚めさせてくれたのだ。さもなければ、

「町と一緒に自分の心も壊れて、元に戻るのに何年もかかったはず」

だったという。

やっと新しい住み処を見つけたのは、災害からかなり経ってからだった。

新居を得た翌日、ラブと一緒に、車で買い物に行った。

「もう二人とも、車に住まなくていいのよ、一緒に新しい部屋で暮らそう」

話しかけるうちに、ラブは眠ってしまった。

ほどなくして店に到着し、車を停め、眠れるラブを撫《な》でてやった。

ラブは息をしていなかった。

彼女は後部座席に移ってラブにしがみつき、何時間も泣いた。

老いた身で最後の命を振り絞って自分を支えてくれたラブに、

「一緒にいてくれて、ありがとう」

　何度も繰り返しささやいた。

　その数年後、大学卒業を機に、車を買い換えるよう親から勧められた。

「犬小屋ワゴン」との別れが辛く、何度も躊躇《ちゅうちょ》したが、やがて買い換えを決心した。

　車が引き取られる前日、彼女はラブがいた車の後部座席で丸くなって寝た。そうして愛犬との思い出を胸に刻みながら、

「ラブのように誰かを支えられる人になる」

　と誓ったという。

「それまで経験のない環境に置かれたとき、心の中に強い安心感がある人ほど、力を発揮できるんです。だから自分がしなければならないことは、不安を抱える子供たちに、あのときのラブのように、寄り添ってあげることなんですね。簡単なようでいて、とても難しく、まだまだ勉強中です」

　そう彼女は言った。

　親として、人として、大いに学ばせられる言葉だった。

単行本あとがき

三年にわたって連載を続けてきたコラムも終わりを迎え、一冊の本としてまとめられることになった。

よくもまあ、「実話」で「泣ける話」を「原稿用紙五枚半」という、書くほうが辛さで泣けてくるような縛りを課された上で、三十数回も書き続けられたものだと我ながら感慨深くなってしまう。

ひとえに、素晴らしい体験を話して下さった方々のお陰である。

いついかなるときも、心に葛藤を持つ人々がいるのと同じように、和解と平穏を得る人々がいる。そんな当たり前の事実が、驚くほど自分に勇気を与えてくれる。それが、このコラムを通して得た、私の最大の財産である。

もちろん、連載を始めるにあたっての、きっと自分の今後の執筆に良い影響を及ぼすに違いないという見込みも、しっかりと達成できた。

連載であることから、なるべく似たようなエピソードを続けないようにしよう、という担当さんの意向があったのだが、その制約は途方もなく苦しかった。

人の心は千差万別だが、おおもとでは、やはりみなどこか似ている。

私が聞かせていただいたエピソードの中で、最も多かったのは、「家族」「信頼」「恋愛」にまつわる話である。

ついで、「病気・怪我」「動物」「死別」にまつわる話が多かった。

というより、それら六つの柱が存在しており、様々なバリエーションが生まれているのだ、という感じを受けることもあった。ときには「死別」のエピソードが何回も連続してしまうといったこともあり、担当さんから、「ちょっと順番をずらしましょう」と指示を受けることもあった。

むろん、一つ一つの話は、決してただのバリエーションではない。話してくれた一人一人にとって、ゆいいつ無二の、人生の物語である。

私としては、そうした個別の体験が、意図せず他の大勢の人生と重なってゆくところに、普遍とか、共感といった言葉の、本当の意味があるのだと信じている。

「まえがき」でも書いたが、個人が特定されないためであったり、話としてなかなか単独では成り立ちにくかったりといった理由から、複数の話を合体させることが多かった。

さらには主体の性別を変えたり、関係のない断片的な話を別の話に織り込ませたりすることが可能であったのも、人々の心が、結局は一つにつながっているからだと思う。

もし本当に、一人一人の心が、まったく異質なものであるならば、複数の話を混ぜ合わせることなど、とても不可能だろう。

そのせいか、とにかく大勢から話を聞いて書いたにもかかわらず、あたかも、たった一人から、長い長い話を聞き続けた、という不思議な感覚もある。ときには私自身の体験も書いているのに、それすらも、その一人から聞かされたかのように思えてくる。

その一人こそ、誰の心にも共通して存在する、「良心」なのかもしれない。そんなふうに思うだけで、私はなんだか、大きな希望を得られた気がするのだ。

連載に付き合って下さった、「小説すばる」の担当さん。おつかれさまでした。いつも柔らかな、それこそ人の良心が形をとって現れたかのような絵を添え続けて下さった、森菊五郎さん。本当にありがとうございました。

書籍にまとめるにあたり、ギリギリの作業を調整して下さった書籍の担当さん。装丁の大久保伸子さん。イラストの山本美希さん。とにかくお世話になりました。

そして、話を聞かせて下さった全ての方々に。

深く感謝いたします。

二〇一二年　冲方 丁

文庫あとがき

このたび文庫版刊行の運びとなり、関係者には大いに感謝しております。関係者というのは、もちろんこの本の編集や制作に携わって下さった方々のことですが、同時に、この本に書かれたことがらを口にし、語って下さった多くの方々へ、この場をお借りして、尽きぬ感謝の念をお伝え申し上げます。

すでに単行本版のあとがきで書いたことですが、連載の当初は世の中のなんだか腹の立つことを面白おかしく書きつづってやろうとしていたものです。

ですがネタを打ち合わせるうちに、なんだか意気消沈してしまった。怒りを主題にすればどうしても煽《あお》ることになる。同じ怒りを抱いてくれる人を求めることになってしまう。世の中にはそういうことも必要だし、マスコミなどは怒りの伝播《でんぱ》でもって社会に疑義を提示するということを長らくしている。そこには正義という大事なものがあり、社会というのは小さな正義の小さな積み重ねによって、こつこつと少しずつ良くなっていくものです。巨大な正義については歴史を振り返らないとわからないことが多いので、一概にこうだということはできませんが、人間にとって必要なものであることに変わりはない。

けれどもそれらの正義の根本で燃え立つ怒りというものは、どのようにして吹き消えるのだろうか。果たせなかった願いや、裏切られた信頼や、届けられなかった感情は、ただ怒りになって燃え上がり、あるいはくすぶり続ける恨みとなるか、はたまた時とともに風化していってしまうだけなのだろうか。

そういう疑問というか、そうであって欲しくないという思いが、やがて「もらい泣き」という連載のコンセプトを形作っていきました。

人の中で何が負の感情を解決してくれるのかを知りたいという気持ちが、多くの人にお話を聞くというスタイルを守らせることになりました。解決されたことへの感謝の念が、その人の人生の支えになっているのだという実感が、原稿用紙にして五枚半という短い分、整理するのがとても大変なストーリーを構成する柱となってくれました。

そしてまた、人は自分自身の良心と和解できるという確信が、それ以後の執筆の強い支えとなってくれたのです。

本書でつづられた小さな物語たちは、必ずしも感情に訴えて強引に揺さぶろうとはしていません。効果を強めるために文章での演出を考え、もっと工夫して、読む者をなんだかわからないが大泣きさせてしまうよう、創作することもできるでしょう。

それこそ、書きながら何度も悩んだ点でした。

感情を刺激されたいというニーズは、エンタメにおいては当たり前のことなのですし、それに応《こた》えないでどうするのかという気持ちもありました。

ですが、そうした物語作りは、効き目はあるけれども、すぐに効果がなくなってしまうものなのです。安全で便利だけれども、効き目がすぐに消えるので、次々に欲しくなってしまう。そのうち刺激が強いものほど良いものだと思ってしまい、本来の自分の心とはかけ離れたものへ、どんどん気持ちが傾いていってしまう。

もちろんそうした娯楽の役割もとても重要です。現実を離れ、心を跳躍させることで、それまでの現実を別の観点から見て取れるようになるのですから。

とはいえ、それとはまた効果が違う、やんわりと目に見えぬところで持続する物語というのを、本書では試みてみたかったのです。それらの物語は、一見して印象に残らず忘れてしまいそうになる代わりに、気づかぬうちに自分自身の中にある何かに染み込みます。

いうなれば、あまり刺激的ではないからこそ、物語が入り込むことを心が許すのです。

本書を通して本当に伝えたかったのは、みなさんの中にある良心こそが主人公であるということ。その良心は、様々な理不尽なできごとや、思いが届かない苦しみにさらされても、決して失われることなく、いつか訪れる和解のときを待ち続けているのです。
その良心の存在に気づいて欲しい。
あなた自身の和解のときこそ、大泣きして欲しい。
たとえ世界中の誰一人として理解してくれないようなことであっても、それはあなた
一人のために用意されていたのですから。誰に遠慮することなく泣いて欲しい。あなた
と、あなたの中で強く優しく生き続けてきたあなたの良心のために。
そしてその大泣きの一粒が、いつか誰かの勇気を育て、労《いたわ》りとなり、愛情の根源とな
って、その誰かが和解のときを迎えるきっかけの一つとなるのです。

繰り返しになりますが、連載にあたって様々な人生の物語を口にして下さった多くの
方々へ——本当に、ありがとう。
そして、本書をお読み下さったあなたへ。
いつか和解の涙があなたの人生の恵みの雨となりますことを。

二〇一五年　夏　冲方　丁

本文デザイン／高橋健二
（テラエンジン）

この作品は、著者が周囲の方々から伺った話をもとに構成したものであり、
必ずしも現実に即したものではありません。

初出　「小説すばる」二〇〇九年六月号〜二〇一一年一〇月号、
二〇一一年一二月号〜二〇一二年二月号

二〇一二年八月、単行本として集英社より刊行されました。

集英社文庫　目録（日本文学）

今邑彩　いつもの朝に(上)(下)
今邑彩　鬼
岩井志麻子　邪悪な花鳥風月
岩井志麻子　悦びの流刑地
岩井志麻子　偽《ウェイ》偽《ウェイ》満《マン》州《ジョウ》
岩井志麻子　瞽《ご》女《ぜ》の啼く家
岩井三四二　清佑《せいゆう》、ただいま在庄《ざいしょう》
宇江佐真理　深川恋物語
宇江佐真理　斬られ権佐
宇江佐真理　聞き屋与平　江戸夜咄草
宇江佐真理　なでしこ御用帖
植田いつ子　布・ひと・出逢い　美智子皇后のデザイナー 植田いつ子
植西聰　人に好かれる100の方法
植西聰　自信が持てない自分を変える本
植西聰　運がよくなる100の法則
植松三十里　お江《ごう》流浪の姫
植松三十里　大奥延命院醜聞　美僧の寺
植松三十里　大奥秘聞　綱吉おとし胤
植松三十里　リタとマッサン
内田春菊　仔猫のスープ
内田康夫　浅見光彦を追え　ミステリアス信州
内田康夫　浅見光彦豪華客船「飛鳥」の名推理
内田康夫　軽井沢殺人事件
内田康夫　「萩原朔太郎」の亡霊
内田康夫　北国《ほっこく》街道殺人事件
内田康夫　浅見光彦　四つの事件　名探偵と巡る旅
内田康夫　浅見光彦　新たな事件　天河・琵琶湖・善光寺紀行
内田康夫　名探偵浅見光彦の　ニッポン不思議《ミステリアス》紀行
内館牧子　恋愛レッスン
宇野千代　生きていく願望
宇野千代　普段着の生きて行く私
宇野千代　行動することが　生きることである
宇野千代　恋愛作法
宇野千代　私の作ったお惣菜
宇野千代　私の幸福論
宇野千代　幸福は幸福を呼ぶ
宇野千代　私の長生き料理
宇野千代　私何だか死なないような　気がするんですよ
宇野千代　薄墨の桜
冲方丁　もらい泣き
海猫沢めろん　ニコニコ時給800円
梅原猛　神々の流《る》竄《ざん》
梅原猛　飛鳥とは何か
梅原猛　日常の思想
梅原猛　聖徳太子1・2・3・4
梅原猛　日本の深層
宇山佳佑　ガールズ・ステップ
江川晴　救急外来

集英社文庫　目録（日本文学）

集英社文庫

もらい泣《な》き

2015年 8 月25日　第 1 刷
2015年 9 月13日　第 2 刷

定価はカバーに表示してあります。

著　者　冲方《うぶかた》　丁《とう》

発行者　加藤　潤

発行所　株式会社 集英社
東京都千代田区一ツ橋2-5-10　〒101-8050
電話　【編集部】03-3230-6095
【読者係】03-3230-6080
【販売部】03-3230-6393（書店専用）

印　刷　凸版印刷株式会社

製　本　加藤製本株式会社

フォーマットデザイン　アリヤマデザインストア　　マークデザイン　居山浩二

本書の一部あるいは全部を無断で複写複製することは、法律で認められた場合を除き、著作権の侵害となります。また、業者など、読者本人以外による本書のデジタル化は、いかなる場合でも一切認められませんのでご注意下さい。

造本には十分注意しておりますが、乱丁・落丁（本のページ順序の間違いや抜け落ち）の場合はお取り替え致します。ご購入先を明記のうえ集英社読者係宛にお送り下さい。送料は小社で負担致します。但し、古書店で購入されたものについてはお取り替え出来ません。

© Tow Ubukata 2015　Printed in Japan
ISBN978-4-08-745346-1 C0193